徳間文庫

平戸から来た男

西村京太郎

JN091779

徳間書店

目次

第一章　老人の死

1

東京都内の北に小さな町があり、そこに小さなカトリック系の教会があった。

神父の名前は、中村敏行《なかむらとしゆき》、五十二歳である。

最近、信徒の集まりが悪い。特に、若者に敬遠されがちなので、思い切って、屋根の十字架に、青いネオンをつけることにした。少しばかり派手だが、周囲が暗いので、若者が来ないのだろうと考えてのことだった。

ネオンを取りつけて、一カ月目の三月五日の朝のことだった。

昨夜から、寒の戻りというのか、急に寒さが戻って、朝になって窓を開けると、吐く息が、白くなった。

まだ、夜が、完全に明け切っていない。いつものように、教会の前を掃除しようと思って、重い扉を開けると、そこに、小柄な老人が、倒れていて、危うくつまずきそうになった。

あわてて、声をかける。

だが、返事がない。

中村は、一一九番して、救急車を、呼んだ。

体温が残っているので、何度も、声をかけ身体をさすっていたが、反応がないうちに救急車が到着した。

中村も、付き添って、病院に行くことにした。

しかし、医者は、簡単に、死んでいることを告げてから、

「どんなご関係の方ですか？」

と、聞いた。

中村は、近くの教会の神父であることを話し、今朝、教会の前で、倒れていたのだと話した。

「神父さんですか」

と、医者は、眼を大きくしてから、

「間もなく、警察が来ますので、それまで、残っていて下さい」

と、いう。

今度は、中村の方がびっくりして、

「何があったのですか？」

「実は、毒物を飲んでいると思われるのです。多分、農薬だと思いますが」

パトカーで、二人の刑事が、到着した。

この二人にも、中村は、今朝のことを、説明させられた。

「キリスト教では、自殺は、禁じられているんでしたね？」

と、年上の刑事が、中村に、聞いた。

「その通りです」

「そうなると、自殺するつもりで、毒薬を飲んで教会を訪ねてくるということは、考えられませんね？」

その刑事のいい方は、強引だった。

中村は、苦笑しながら、

「信者でない方かもしれませんが」

と、だけ、いった。

「もう少し、待っていて下さい」

と、もう一人の刑事が、中村にいい、医者に向かって、

「農薬を飲んでいることは、間違いありませんか？」

「実は、この辺りに、まだ、何軒か農家が、残っているんです。それで、農薬の誤った使用で、私が診《み》たことがあるのです。今日の患者は、何とかいう農薬を飲んだときの反応と、そっくりです」

「なるほど」

と、刑事が頷《うなず》くと、もう一人が、少しばかり、きつい眼になった。

「全く、知らない男ですか？」

と、聞いた。

「初めて、見るかたです」

「知らない人間だが、あなたの教会の前に倒れていた？」

「そうです」

「神父さんの教会の地図を描いて、どこに倒れていたか教えて下さい」

と、いう。

（どうやら、疑われているらしい）

と、思いながら、中村は医者が用意してくれたメモ用紙に、サインペンで教会の図を描き、そこに、倒れていた男を、描き加えた。

「これを見ると――」

と、刑事は、わざと間を置いて、

「老人はあなたの教会を訪ねてきたことは、間違いないようですね」

「それは、私も認めます。しかし、初めて見た人であることは、間違いないのです」

中村が、繰り返す。

もう一人の刑事は、死んだ老人のジャンパーや、ズボンのポケットから、所持品をつかみ出して、テーブルの上に、並べていった。

「折りたたんだ東京の地図。二千三百円の入った財布。手拭《てぬぐ》い一本。それと、湯呑みが一個。身元を証明するようなものは、一つもない」

刑事が怒ったような口調になっていた。

もう一人は、冷静に、

「年齢は、六十歳から七十歳。身長一五八センチ。六〇キロ。手の指などから、肉体労働者と考えていい。わからないのは、湯呑みだね。使い古したもので、何のために、持ち歩いているのか不明だ」

と、いっきに、いった。

「靴は、汚れて、かなり、減っているから歩き回っていた感じがしますね。今どき、安物の靴を、あんなに減るまで使う人は、いませんよ。たいてい買い替えるでしょう」

と、医者がいった。

「それに、使い古した湯呑みを、持ち歩いているのも、何となく、わかりませんね。百円で新しいものが、買えるでしょうに」

と、年上の刑事がいう。

中村は、黙っていた。

2

二人の刑事は、死体を引き取っていった。

中村も教会に戻ったが、何となく落ち着かなかった。

あの老人は、間違いなく、中村の教会を訪ねてきたのだ。毒が回って、教会の扉を叩く寸前、倒れてしまったに違いない。

（いったい、何を訴えようとして、訪ねてきたのだろうか？）

と、考えると、落ち着かない。

中村が、教会の扉を開けたのが、午前五時頃である。

医者は、死後、数時間たっているといっていたから、深夜の十二時頃に、老人は、やってきたに違いない。

多分、中村が一カ月前に取りつけた十字架の青いネオンを見たのだろう。もし、そうなら、老人は助けを求めていたのだ。

（それを聞いてやれなかった、助けてやれなかったことが、くやしくて仕方がない）

とにかく、落ち着けない。

着ているものは、古ぼけていた。所持金は、二千三百円。安物の靴の底が減るほど、使っていた。

キリスト教では、貧しさを悪とは考えない。悪は、心の貧しさである。

もっと早く、あの老人に会っていたら、温かいものを食べてもらい、時間をかけて、悩みを聞いてやりたかったと思う。

夕方になって、近所に住む緒方《おがた》がやってきた。大学四年生である。

「テレビのニュースで、やっていましたよ。この教会の前で、早朝、老人が、倒れていたんですってね。農薬を飲んでいたので、警察は、自殺、他殺の両面から、調べるそうです」

　と、いう。

　面白がっている感じだった。

「何か、訴えようとして、この教会の前に、倒れていたんですよ。生きているうちに、お会いしていたら、その悩みを聞いてあげられた。残念でなりません」

「古びた湯呑みを、持っていたそうですね」

「そうなんです。警察も不思議がっていましたよ」

「昔のお遍路とか、托鉢《たくはつ》の坊さんは、自分用の茶碗と箸《はし》を持ち歩いていたそうですから、それかな？」

「そのどちらでも、ないと思いますよ」

「一見、汚い湯呑みだが、実は、時価何百万円の名品なんてことは？」

「それも、考えられませんよ。箱にも入れず、ジャンパーのポケットに入れてありましたから」

「全く、記憶にない人なんですね？」

「いくら考えても、ないのです」

「そうなると、神父さんに会いに来たというよりも、この教会を、訪ねてきたのかもしれませんね。夜になると、青く光る十字架は、目立ちますから」

と、緒方は、いった。

「何か、遠くから来た人のような、気がするんですよ」

と、中村は、いった。

「まさか、西方浄土《さいほうじょうど》なんていうんじゃないでしょうね？　ああ、あれは、仏教か。キリスト教だと、中東でしたか」

「そういう距離的な遠さじゃないんです」

「というと、過去からですか？　そうなるとSFの世界ですよ」

と、緒方が、笑う。中村も、釣られて笑った。

「そうですねえ。記憶の彼方から、といったらいいのかな」

と、中村は、いい直した。

「それじゃあ、やはり、昔、どこかで会っていた人なんでしょう？」

「そこが、難しく、説明できないんですがね。昔会ったというんじゃないんです」

「よくわかりませんよ」

「私にも、上手《うま》く説明できません」

と、中村は、正直に、いった。

三日たった。

警察は、正式に、殺人事件として、捜査を開始したが、苦心しているらしい。

年上の亀井《かめい》刑事と、若い日下《くさか》という刑事が中村を訪ねてきた。

「被害者の身元が、わからなくて苦労しています」

と正直に、亀井が、中村に、いった。

「それで、もう一度、神父さんに、お聞きするんですが、前に、会ったことは、本当にありませんか？」

「いくら考えても、知っている人間じゃありません」

「しかし、この教会の前で、倒れていたんですよね？」

「その通りです」

「それなら、神父さんに会いに来たんじゃないんですかね？」

「私にではなく、彼は、毒を飲まされて、夜半に、助けを求めていた。そんなときに、この教会の十字架が眼に入ったんじゃないかと思うのです。十字架が、青いネオンに輝くようになっていますから、夜には、いやでも眼に入ります。それで、助けを求めて、入口まで来たが、そこで倒れてしまった。私は、そんなふうに考えているんです」

「すると、被害者も信者ですかね？」

「それは、わかりません。苦しんでいる人には、光る十字架は、救い主のように思えるでしょうから、信者でなくても、訪ねてくることは、考えられます」

「そうですか」

亀井刑事は、少しばかり、がっかりした様子だったが、若い日下刑事は、ポケットから、ハンカチにくるんだ、湯呑みを取り出して、中村の前に置いた。

例の湯呑みだった。

「着ていたジャンパーや、靴などは、どれも大量生産された代物《しろもの》で、この線から、身元をつかむことは、難しいようです。残るのは、この湯呑みというか茶碗ですが、専門家に見てもらったところ、江戸時代に作られた古いものだとわかりましたが、時価せいぜい、二、三百円だということで、そんなものを大事に持っているのは、不思議だといわれました。江戸時代に大量に作られたもので、今も、たくさん残っているというのです」

「それでは、身元がわかる手がかりにはなりそうもありませんね」

「そうなんですね。役に立たないんですが、神父さんには、われわれと違った世界があると思いますから、一応、お預けしておきます。何かわかったら、すぐ、ご連絡を、お願いします」

と、いって、二人の刑事は、帰っていった。

それを、待っていたように、緒方が、やってきた。

いきなり、テーブルの上の茶碗を手に取ると、

「これが、問題の湯呑みですか」

と、しげしげと見つめた。

「警察の話では、江戸時代に大量に作られたもので、それが残っているので、現在でもせいぜい二、三百円で買えるものだそうです」

と、中村は、いった。

「それじゃあ、この湯呑みから、身元を割り出すのは、無理ですね」

「警察も、それで、困っているといっていました」

「そんなものを、どうして、置いていったんですかね？」

「神父の私なら、別の見方ができると思ったみたいですよ。まず、無理でしょうね。神父の私が見ても、茶碗は茶碗ですから」

と、中村は、笑った。

「被害者は、農薬を飲んで、死んだんでしたね？」

緒方は、茶碗を手に取ったまま、いった。

今回の事件に、興味を持っている顔色だった。

「そうです」

「この茶碗で、農薬を飲んだんですかね？」

「それは、わかりません。自殺するために飲んだとは思えませんから、何かに混ぜて飲まされたんでしょうね」

「被害者が、ずっと、これを持ち歩いていたとすると、犯人は、農薬の入っているお茶かスープかを、入れて、飲ませたんでしょうね。だとすると、その残りが、この茶碗の底にこびりついているかも知れませんよ」

「警察は、何もいっていなかったがね」

「神父さんは、メダカを飼っていましたね」

「ああ。日本の在来種のメダカをね」

「この茶碗に、お湯を入れて、かき廻して、メダカで、試してみませんか。よく、テレビなんかでやるじゃありませんか。毒が入っているかどうか、金魚で試すやつが」

「うちのメダカで、そんなことをするのは、お断りですよ。第一、お湯だと、毒がなくても、メダカは死んでしまいます」

「それでも、お湯を注いでみたいですね。色が変わるかも知れませんよ」

と、緒方は、やたらに熱心だった。

中村は、笑いながら、やかんでお湯をわかして持ってきた。

テーブルに、茶碗を置き、緒方は、お湯を注いでいく。

「色、変わりませんね」

と、緒方は、舌打ちした。

中村は、笑って、

「そんなに簡単に、探偵にはなれませんよ」

「――――」

急に緒方が、黙ってしまった。

「色が、変わったんですか？」

「神父さんも、一緒に見て下さい」

と、緒方が、小声でいい、茶碗を差し出した。

中村が受け取って、お湯の注がれた、茶碗を、のぞき込んだ。

お湯の色は変わっていない。

その代わり、茶碗の底に、白っぽい何かの模様が、浮かび上がっていた。

「水かお湯を注ぐと、その白い模様が浮かび上がるんですよ。十文字《じゅうもんじ》で、ひょっとするると十字架かもしれませんよ」

緒方の声が、また、甲高くなった。

長い間使っていたらしく、その模様も、うすくなっていたが、確かに、十字架に見える。

「先祖が、隠れキリシタンだったんじゃありませんか。それを、今も、大事に使っていたんじゃないですか」

「確かに、十字架かもしれませんね。この茶碗の持ち主の先祖は、隠れキリシタンだと思います」

「すると、どこから来たかも、限定できるんじゃありませんか？」

「そうですね。隠れキリシタンの先祖を持つ人たちの多くは、今も、長崎県の五島《ごとう》列島や、平戸《ひらど》に住んでいるといわれています」

喋《しゃべ》りながら、中村は、少しずつ、自分の気持ちが昂《たか》ぶっていくのを感じていた。

中村は、今回の死者が、遠くからやってきたと感じていた。それも、ただ単に、距離的に遠方からではなく、時間的に遠いところからである。

わけもなく、感じていたのが、今、事実になったのである。

九州の五島列島、平戸から、やってきたらしいと、わかった。そして、死者の先祖は江戸時代の隠れキリシタンらしいともわかった。

中村が感じたように、死者は、距離と時代の遠いところから、やってきたのである。

中村は、日本人神父として、隠れキリシタンに、関心があるので、九州の長崎を訪ねている。

もちろん、長崎駅前の丘の上に作られた「日本二十六聖人殉教地」も、訪ねていた。

平戸にもである。

今までは、全て、自分の方から訪ねて行ったのだが、今回は、向こうから、訪ねてきたことになる。

中村は、身ぶるいした。

(ひょっとすると、神は、私に対して、この殺人事件を解決せよと、試されているのかも知れない)

中村は、そんなことまで、考えるようになった。

3

中村は、警察に電話して、あの二人の刑事に来てもらった。

茶碗に湯を注いで、浮かび上がる模様を見せると、二人は、眼をむいた。

「そんな細工がしてあったんですか」

「さして難しい細工だとは、思えません。江戸時代に作られた茶碗に細工をしていたわけですから」

「隠れキリシタンですか」

「死んだ老人のご先祖は、その可能性があります」

「それにしても、ただの白い十文字で、とても十字架には見えませんね」

と、亀井刑事が、いう。

「当然でしょう。何しろ、弾圧されていた隠れキリシタンの持ち物だったわけですからね。簡単に、十字架とわかったら、それを証拠に捕まってしまいます。薩摩《さつま》藩は、丸に十字ですから、その十字だと弁明できるように、作ったのかも知れません」

「隠れキリシタンの子孫は、今も、長崎に住んでいるんですね？」

「平戸か、五島列島に多く住んでいると思います」

「そこから、あの被害者は、やってきた？」

「その可能性は、あります」

「平戸か五島列島から、あなたに会いに、わざわざやってきたということですか？」

「いや、私に、会いに来たとは、思えません。東京の地図を持っていたということですから、東京に住む誰かを訪ねて、上京したことは、間違いないと思います。その過程で、誰かに、農薬を飲まされた。苦しくて、誰かに、助けを求めていたとき、たまたま、この教会の十字架が眼に入った。夜、十字架は青く輝きますから。しかし、入口まで来て、事切れてしまった。私は、そんなふうに考えているんですが」

「私は、日本の隠れキリシタンのことに、うといんですが、今でも、何か、悩みを持っているんでしょうか？　現在は、弾圧はないわけでしょう？」

「豊臣秀吉や徳川家が始めたキリシタン弾圧は、明治になって、なくなりますが、人間は、どんな時代でも、悩みはあるものです」

「現在のキリスト教信者に、どんな悩みが、あるんですかね？」

と、亀井が、聞く。

ちょっと答えにくい質問である。

上は、世界政治から、下は、日常生活まで、悩みは、ある。

「長崎は、原爆の被害を受けています。それが長崎のキリスト教信者の特別なところです。今も、原水爆の恐怖は、人一倍感じていると思います」

「その悩みを、神父さんに、打ち明けにやってきたということは――？」

今度は、日下という若い刑事が、聞く。

中村は、つい、笑ってしまった。

「それは、全くありません。ローマ教皇が答える問題です」

「平戸か、五島列島に、行かれたことは？」

「二回、行っています」

「そこには、隠れキリシタンの子孫が、今も住んでいるわけでしょう？」

「そうです」

「その人たちは、今も、キリスト教の信者ですか？」

「多くの人が信仰を続けていらっしゃいます」

「その人たちと、話されたことは？」

「もちろん、ありますよ。教会に行き、そこの神父と話したことも」

「どんな感じでした？」

「昔は、弾圧され、その上、原爆の災禍《さいか》まで受けておられる。その子孫の方々ですから、私のように、戦争も弾圧も知らずに、のんびり育った人間とは、当然、違っていらっしゃいますね。例えば、平和を求める気持ちでも、私なんかより、はるかに真剣ですよ」

「平和運動で、上京されたとは、思えませんね」

「それなら、一人では、上京しないでしょう」

二人が話している間、亀井は、どこかへ電話していたが、

「今、長崎県警に電話して、確認しました。平戸の記念館に、昔、隠れキリシタンが、使っていた同じような茶碗が、保存されていて、今も大事に使っている信者も、おられるそうです。これで、身元がわかるかも知れません。平戸か、五島列島の人間なら、いちばん助かるんですがね」

と、嬉《うれ》しそうに、いった。

「よかったですね」

中村も、笑顔になったが、内心、そんなに簡単には、いかないような気がしていた。

翌日、亀井刑事から、中村に、電話があった。

「あれから、長崎県警に、被害者の写真などを送って、調べてもらいましたところ、平戸の住人であることがわかりました。名前は、川野三太楼《かわのさんたろう》、年齢は七十三歳です。とにかく、ほっとしました。家族は、長男夫婦と、孫一人です。仕事は、漁業です」

「よかったですね。私も、ほっとしました」

「あとは、何の用で、上京していたかがわかれば、捜査は、大きく進展するのですが、

それがわからないのです」

と、亀井は、急に声を落とした。

「家族は、何といっているんですか？」

「それがですね。川野三太楼さんは、一年前に、突然家出をして、以後、消息をつかめなかったというのです。家族は、捜索願いを出していたが、行方《ゆくえ》が、わからないので、諦《あきら》めかけていたというのですよ。こうなると、被害者がなぜ、東京に来ていたのか、さっぱりわからなくなって、弱っています」

「川野三太楼さんは、東京に知り合いは、いないんですか？」

と、中村は、聞いた。

「当然、その質問もしましたが、東京には全く知り合いはいないそうです。第一、川野という人は、めったに、平戸の外に出たことはなかったそうなんです」

「しかし、平戸には、漁師の仲間は、今もいるわけでしょう」

「もちろん、現地の刑事に、調べてもらいました。漁師仲間は、何人かいて、聞いてもらいましたが、一年前に、突然、川野三太楼さんが失踪《しっそう》した理由を知っている者は、誰もいないということです。念のために――」

と、亀井は断ってから、

「神父さんのことも聞いてもらいました。ひょっとして、あなたに会うつもりだったかも知れませんからね。しかし、誰も、神父さんのことを、知らないといい、川野三太楼さんが、神父さんの名前を、口にするのを聞いたこともないということです」

「当たり前ですよ。私は、被害者を見たのは、今回が初めてなんですから」

と、中村は、いった。

「それで、壁にぶつかりました」

「亡くなった川野三太楼さん自身は、現在も信者だったわけですか？」

「敬虔《けいけん》な信者だといっています」

「自分が隠れキリシタンの子孫であることも知っていたんでしょうね？」

「家族全員が、そのことを、自慢していたそうです」

と、亀井は、いってから、

「あなたも、現役の神父さんなんだから、何か、他に気になることは、ありませんか？　質問することは、ありませんか？」

「そういわれても、見ず知らずのかたですからね」

「何か、いって下さい」

「長崎の浦上天主堂《うらかみてんしゅどう》の真上で、原爆が爆発しています。川野家の人々の中に、誰か、その被害を受けた人はいるんですか？」

やっと一つ、質問を見つけたのだが、亀井はあっさりと、

「今のところ、そういった情報は、入っていません」

と、いった。

中村が黙ってしまうと、今度は亀井が、

「被害者が、キリスト教信仰を捨てるために、家出をしたことは、考えられませんか？」

と、聞いた。

「そんなことなら、例の茶碗を、持ち歩いたりはしないでしょう」

中村が、答えると、亀井は、電話の向こうで、

「これでお手上げです。身元はわかりましたが、殺された理由が、わからなくなりました」

と、いって、電話を切ってしまった。

推理好きの緒方が、また、結果を聞きにやってきた。

「隠れキリシタンのことを、少し、勉強しましたよ」

と、ニコニコしながらいう。

「長崎の日本人の二十六聖人のことも知りました。私は、仏教なんで、キリスト教のことに関心はなかったんですが、今回のことで、急に、興味を持ちました」

「警察は、やっと身元がわかったが、今度は、犯人の動機が、わからなくなったと、いっています」

中村は、亀井からの電話の内容を、緒方に話した。

「隠れキリシタンの子孫の家出ですか。なかなか、興味があるじゃありませんか？」

と、緒方がいう。

「興味がありますか？」

「ありますよ」

「じゃあ、緒方さんは、川野三太楼さんが、なぜ、家出をして、一年間も消息がわからなかったか、説明できるんですか？」

「きっと、棄教ですよ」

「ききょう？」

「川野さんの家族は、昔のままのキリスト教を、ずっと信じてきたわけでしょう？本来のキリスト教と、少しばかり違ったものになっていたというじゃありませんか。被害者はそのことに、疑問を持って、他の宗教に関心を持つようになった。しかし、平戸の信者と、家族を説得できないので、新しい信仰を求めて、家を捨て、故郷の平戸を捨てたんじゃありませんかね。他に考えようが、ありませんね」

と、緒方は、自信ありげに、いう。

「しかし、被害者は、例の茶碗を持っていたんですよ。隠れキリシタンの印のような茶碗を」

「あれは、犯人が、毒を飲ませたあと、動機を隠すために、被害者のジャンパーのポケットに、押し込んだんだと思いますよ」

緒方は、自信を崩さずに、いう。

「すると、緒方さんは、犯人を、同じ隠れキリシタンの子孫で、被害者を知っている人間。動機は、被害者の棄教を咎《とが》めての殺人ということですか？」

「信仰は素晴らしいものですが、時には、危険なものですよ。宗教の違いから、殺人にまでいくこともありますから」

いぜんとして、緒方の自信は、崩れそうもない。

「私には、どうしても、そんなふうには、考えられませんがね」

と、中村は、いった。

「それは、あなたが、神父さんだからですよ。しかし、世界を見て下さいよ。異教徒を、平気で殺しているじゃありませんか」

4

十津川《とつがわ》は、捜査方針を変える必要を感じた。

幸い、被害者の身元が判明したが、一年前に突然家出をし、一年間消息不明だったと知らされたからである。

殺される直前まで、長崎県平戸にいたのなら、県警と合同で、平戸での生活を調べれば、捜査は進んでいくと思うが、一年間、平戸を留守にしていたのである。

そうなると、郷里の平戸を、いくら調べても、殺された理由が、わかりそうもないからだ。

失踪中の一年間に、殺された理由が、隠されていると考えるのが常識である。

しかも、平戸で、漁師だった被害者は、毎日同じような生活を送り、敬虔なキリスト教信者だったというから、なおさらだった。

平穏な平戸での生活の中に、殺される理由が、あったとは、とても思えないのである。

現に、平戸警察署の説明でも、殺された川野三太楼は、信仰心が強く、穏やかな性格で、他人と争うようなことはなかった。もちろん、敵もいなかった。漁業組合の組合長で、責任感が強く、誰からも信頼されていた、というのである。

だから、一年前の失踪には、彼を知る誰もが驚き、途方にくれたという。

川野三太楼の家族も、同じだった。ひたすら、戸惑っているというのである。

こうなれば、殺された理由は、平戸の生活の中にはなく、失踪した一年の中にあると、誰もが考える。

それで、十津川は、捜査会議で自分の考えを、三上《みかみ》本部長に説明した。

「今回の事件について、被害者の身元がようやく判明した。ほっとしています。そこで川野三太楼が生まれ育った平戸に、殺された理由があり、犯人も地元の人間と考えました。この老人に、全く教会の匂いがしなかったからです。ところが、この老人は、一年間平戸から失踪していることがわかりました。この理由について平戸の友人、知人も、家族も知りません。その上、失踪中に、何者かに毒殺されているのです。しかも、殺された場所は、東京です。こうなると、平戸とその周辺を、いくら調べても、犯人も見つからず、殺された理由もわからないと考えるようになりました。必要なのは、一年間の失踪中、被害者がどこにいたかであり、何をして、誰に会っていたかということです。一年間、平戸の人間も、家族も、被害者を見ていませんから、平戸以外の場所であり、平戸の人間以外と考えるのが、妥当だと、思うようになっています」

「その場所は、東京かね？」

と、三上が聞いた。

「その可能性は、強いと思います」

「中村という教会の神父がいるが、彼は、怪しくないのか？　一応、第一発見者だろう」

「その通りで、要注意人物であることは、間違いありませんが、警察の協力者という形を取っています。被害者が持っていた安物の茶碗に、お湯、あるいは水を注ぐと、底に白い十字が現れることを、われわれに教えてくれたりもしていますから」

「被害者が、昔の隠れキリシタンの子孫だということは、間違いないのか？」

「これは、平戸警察が調べてくれましたから間違いありません」

「そうなると、やはり、気になるね。最後に会おうとした人間が、カトリックの神父だということがだよ」

と、三上が、いう。

「その点は、私も注意深く見ていくつもりです」

と、いってから、十津川は、今後の捜査方針について、説明した。

「被害者川野三太楼は、ジャンパーのポケットに、東京都の地図を、折りたたんで入れていました」

十津川は、その地図を広げて、黒板に貼りつけた。

「この地図は、日本地図社で作られたもので、よく売られているものですが、興味があるのは、作製された年月日が五年前になっていることです。この会社の説明では、一年前に新しい東京の地図も売りに出していたというのです。ところが、被害者の川野三太楼は、五年前の古い地図を、ずっと、使っていたのです」

「新しい地図が売ってなかったからじゃないのか？」

「日本地図社では、一年前には、全ての販売店で新しいものを、売っていた筈《はず》だと、いっています。平戸でもです」

「二つの東京の地図は、かなり違っているのかね？」

「何しろ東京ですから、五年前には、あったビルが、新しい地図では、消えていたりしているようです。まだ、比較して見始めているところですが」

「つまり、被害者は、一年前に平戸を出たとき、わざと五年前の古い地図を、買い求めたということだな？」

「そうなります」

「どうも、妙な事件だね。隠れキリシタンの子孫と、五年前の古い東京の地図か」

「中村という神父が、それについて、面白いことを、いっていたそうです」

「どんなことだね？」

「被害者は、初めて見る顔だが、何だか、遠い所から、長い時間を使って来たような気がすると、いっているのです」

と、十津川が、いった。

「どういう意味なんだ？」

「そう感じただけで、上手く説明できないとのことでした」

「感覚かね」

「そうです」

「それは、被害者の身元や、一年間の失踪がわかってから、いったのか、それとも、わかる前に、いったのかね？」

「わかる前です」

「そうなると、予言めいた言葉になってくるね」

と、三上は、いった。

「そうですね。予言者なのか、それとも——」

「それとも、なんだ？」

「犯人かです」

と、いって、十津川は、笑った。

翌日から、十津川が、動いた。

まず、平戸の川野三太楼の家族に電話を入れ、彼が家を出た正確な日付と、そのときの服装、そして所持金の額を聞いた。

家を出たのは、去年の二月二十一日。

服装は、あとから写真を送ってきた。

それを見て、十津川は、びっくりした。発見されたときと、同じような、ジャンパー姿だと思っていたのだが、写真にあったのは、三つ揃いの背広だったからである。

間違いではないかと思い、十津川は、平戸に電話した。家族の返事は、こうだった。

「家を出る一週間前に、家族に黙って背広一式と、靴、ネクタイなどを買っていて、それを着て、家を出ているんです」

「なぜ、そんなことをしたのか、わかりますか？」

「いいえ。全くわかりません」

「背広を着ることは、よくあるんですか？」

「漁業組合の組合長をやっていましたから、会合に出るときなどは、背広を着ていましたが、古い背広で平気で出ていました。だから、突然、新しい、それも、かなり高いのを、ひそかに買っていたことに、びっくりしたんです」

「家出をしたときの所持金は、五万円となっていますが？」

と、十津川が、聞いた。

「間違いありません。でも使ったことのない、銀行のキャッシュカードが、なくなっていたんです」

と、いう。

「いくらまで、下ろせるカードですか？」

「当時、預金は、五千万円近くありましたから、その金額までは、下ろせるはずです」

「それで、その預金は、下ろされているんですか？」

「いえ。一円も、下ろされていません」

「キャッシュカードは、ありましたか？」

「警察のお話では、所持品の中に、キャッシュカードは、見つからなかったということでした」

「しかし、預金からは、一円も引き下ろされていないのですね？」

「そうです」

「今もですか？」

「今日、銀行に問い合わせて、確認しています」

　と、家族は、いった。

　預金が一円も引き下ろされていないというのは、被害者の川野三太楼が、カードを落としたか、カードを奪った犯人が、暗証番号を知らなかったかの、どちらかだろう。

いくつかの疑問が、出てきた。それを、一つずつ解明していけば、真実が、わかってきて、犯人に辿《たど》りつけるだろう。

　十津川は、第一の疑問を、まず、刑事たちに、解明することを、命じた。

　彼は、一年前の二月二十一日に、平戸の家を出ていた。

　問題は、そのとき、新しい背広、靴などを身に着けていたことだ。なぜ、そんなお洒落《しゃれ》をして、家を出たのだろうか？

　考えられるのは、この日、何か大事な会合かパーティがあったのではないかということだった。

　十津川は、すぐ、平戸警察署に連絡し、一年前の二月二十一日に、漁業組合の組合長が出席しなければならない会合か、パーティがあったかどうか、調べてもらった。

回答は、すぐあった。

「昨年の二月二十一日二十四時間について、平戸島全域で、どんなことが行われていたかを、調査致しました。

その結果を、報告致します。

この日、平戸全域で、これという祭儀は、行われておりません。また、新聞ネタになるような事件も、起きておりません。平穏な一日ということができます。日常的な事件についていえば、平戸市内に住む吉沢夫婦に、長女が生まれていますが、夫婦共働きのサラリーマン家庭で、漁業者の川野三太楼とは、これまで交際はありません。

生月大橋《いきつき》でつながれた生月島で、前日の二月二十日に、七十歳の白川才多《しらかわさいた》さんが、心不全で亡くなり、二十一日に、身内で葬儀が行われています。この日、平戸で行われた葬儀は、この一件だけですが、白川家は、代々、ささやかに家内工業を続けていて、漁業者の川野家とは、関係なく、両家の付き合いもありません。

以上、昨年の二月二十一日について調べた結果、漁業組合長が、出席するような冠婚葬祭は一件もなかったことを、報告させていただきます。

平戸警察署長」

こうなると、残るのは、女性関係である。漁業組合の組合長ともなれば、かなりの収入もあるだろう。近海漁業だが、九州全域が、漁場だといわれるし、海が荒れれば、最寄りの港に緊急避難することも考えられるから、女ができる可能性は、他の職業に比べて、多いはずである。

川野三太楼は、女を作り、付き合っていたが、去年の二月二十一日、とうとう、彼女の所に走ったのではないのか。

この件についても、平戸警察署に調査を依頼した。

この回答には、多少時間がかかったようだ。間があいて報告された。

「川野三太楼氏は、五十二歳で結婚しています。かなりの晩婚です。それについて、本人は『女性に縁がなかった』と、いっているのですが、二十八歳の若さで、組合長になり、人柄もいい川野氏は、若い女性にも好かれていたので、女性に縁がないというのは、謙遜《けんそん》か、嘘《うそ》だろうと考え、川野氏個人について詳しく調査し、彼の個人的な秘密を見つけました。彼の母親、文江《ふみえ》は、昭和二十年八月九日、たまたま、浦上天主堂近くにいて、被爆しているのです。つまり、その後生まれた川野三太楼氏は、胎内被爆児だったのです。その後、大きな病気はしていませんが、親しい人は、彼が常に、胎内被爆児だったことを意識し、結婚が遅れたのだと見ています。このことについて、川野氏は、めったに他人に話していないので、知る人は少ないと思われます。このことを知り、再調査をすると、川野三太楼氏が、どこかに女を作り、二月二十一日に、家を出て、彼女の所に走ったということは、とても考えられないのです。川野氏の家族も、突然、家を出て、失踪したことには、腹を立てていますが、女性の存在については、異口同音に、否定しています。以上、報告します。

平戸警察署長」

この報告は、十津川にとって、ある意味ショックだった。それは、被害者川野三太楼が、胎内被爆児ということだった。

川野と、原爆との結びつきを、全く考えていなかったからである。もちろん、長崎、平戸となれば、原爆のことも、頭に浮かんだのだが、年齢的には、戦後の生まれである。だから、原爆の影響はないと勝手に決めてしまっていたのである。

（いぜんとして、一年前の二月二十一日に、突然家を出て、一年間消息をつかめなか

った謎は、残る）

と、十津川は、考えていた。

その間、どこにいて、どんな生活をしていたのか？　誰に会おうとしていたのか？

平戸や、五島、あるいは、長崎にいたとは思えなかった。一年間である。その間、生まれ育った平戸や、その近くにいたのなら、誰かに、会っているはずである。何しろ、警察に、捜索願いが出されていたのだ。

それを考え、五年前に出された東京の地図を持っていたことを考えれば、被害者川野三太楼は、東京か、その周辺にいたと考えるのが、妥当だろう。

十津川は、そう考え、まず、東京都内に、被害者の足跡を追うことにした。

自宅に残されていた、全身を撮った写真と、合成して、二つの肖像写真を作った。

発見されたときの、安物のジャンパー、ズボン、底の減った靴といった恰好《かっこう》の写真と、高価な黒の背広、ネクタイ、真新しい靴を着用した写真の二つである。

その二枚の写真を、多量にコピーして、都内の警察署に配った。

次は、背広、ネクタイ、靴だけの写真である。一年前に家出したとき、五万円の現金を持っていたが、亡くなったときは、二千三百円だった。その間に、金に困って、背広などを質に入れたか、売り払ったと、考えたのである。そこで背広などを写真に取り、都内の質店や、中古品を扱うリサイクル店に、配ったのである。

十津川は、その結果を待った。が、なぜか反応がない。

それを、当然と受け取る刑事もいたが、不思議と受け取る刑事もいた。

東京は、何といっても、人口千二百万の大都市である。川野三太楼の存在は、千二百万分の一でしかない。その大海の中に埋もれて、消えてしまっていただろうという刑事。

反対に、東京で生まれ育った人間ではない。だから、どこにいても、目立つ存在だったはずだという刑事もいた。

十津川は、どちらの考えも、一理あると思った。が、被害者の足跡がつかめなくては、捜査が進まない。

自然に、捜査本部の空気は、重苦しくなってくる。

そんなとき、捜査本部に、中村神父から電話が入った。

「京都の南に、私のところと同じように、小さな教会があるのですが、そこの神父が、去年の夏に、被害者と思われる男に、会っていると、いっています」

と、いうのである。

十津川は、ほっとしながら、

「詳しく話して下さい」

「去年の七月の暑い日だったそうです。この日は、日曜日で、誰でも、教会にまねいて、神父が話をすることになっている。この日、十五、六人が集まったが、その中に、被害者と思われる男がいたというのです」

「神父は、その男と、何か話をしたんですか？」

「懺悔《ざんげ》を、聞いたと、いっています」

「どんな懺悔を聞いたんですか？」

「それは、駄目です」

「どうしてです？」

「神父は、懺悔を受けた内容を、喋《しゃべ》ることは許されないからです」

「しかし、殺人事件なんですよ。その被害者ですよ。なぜ、殺されたか、きっと懺悔の中で、話していると思うのです」

と、十津川は、強い口調で、いった。

しかし、中村神父の言葉は、変わらなかった。

「刑事さんは、お忘れですか？　法律で、宗教者が職務上で知り得た内容は、守秘義務を課せられているのです。死者の懺悔なら、なおさらです。懺悔の内容を明かすことは、許されません」

と、いう。

一瞬、十津川は、たじろいだ。神父は、聞いた懺悔を、口外してはならないという話を、本で読んだか、テレビドラマで見たのを、思い出したからだ。

「これから、私が京都に行ったら、神父は会ってくれますかね？」

と、十津川は、トーンを落としてきいた。

「わかりませんが、私は、京都へ行くつもりでいます。問題の信者の死体を、最初に発見した人間として、向こうの神父に会って、話を聞こうと思っているのです」

と、中村神父がいった。十津川は、その言葉に、

「ぜひ、同行させて下さい。京都の神父さんに、問題の懺悔を話してくれと注文することは、しません。約束します」

と、いった。

「今日、午後六時発の、のぞみに乗りますので、東京駅で会って、ご一緒しましょう」

と、中村神父は、いった。

第二章　遍路に似る

1

　十津川と亀井は、東京駅で中村神父と落ち合い、午後六時発の「のぞみ」一二一号で京都に向かった。

　京都までの二時間十七分、三人は、ほとんど休みなく話し合った。

　十津川は、刑事の立場から今回の事件を殺人事件だと考えているが、それも、ただの殺人事件とは見ていなかった。被害者は、なぜか放浪してその末に殺されている。その放浪には、いったいどんな意味があったのか、十津川は、それを知りたいと思っているのである。

　それに対して、中村神父は、その放浪を、例えば仏教でいえば、お遍路《へんろ》のようなものではなかったのかと、考えていた。

もちろん、たったの二時間十七分では結論は出てこない。ただ、京都に行けば、何か答えが出るかも知れない。十津川も中村神父も、そう思っていた。

のぞみ一二一号は、あっという間に京都に着いてしまった。

「今から訪ねていっては、失礼に当たるかどうか、ともかく電話をして、京都に着いたことを相手に知らせましょう」

中村神父が京都駅から電話をかけた。

電話に出た吉野《よしの》神父は、

「私なら構いませんよ。何時にいらっしゃっても大歓迎です。ただし、少しばかり酔っていますが」

と、いった。

相手が酔っているというのは、ちょっと気になったが、とにかく三人は、タクシーを拾って、吉野神父のいる教会に、向かうことにした。

北区の山の裾野《すその》にある教会だった。

この時間の教会は、がらんとしている。吉野神父が三人を案内してくれたのは、教会の裏にある小さなプレハブの家だった。家というよりも小屋といったほうがいいかもしれない。六畳一間に簡易ベッドが置かれている。

その部屋に案内し、簡易ベッドを畳んで部屋の隅に置き、四人が向かい合うことのできる空間を作ってくれた。

吉野が最初にいったのは、酒を飲んでいることの弁明だった。

「私は現在六十歳ですが、十代の頃から酒が好きで、よく飲んでいました。何回止《や》めようと思ったかわかりません。しかし、どうしても止めることができず、途中から、諦《あきら》めてしまいました。そして、こんなふうに、考えようと思ったのです。神父の仕事に邪魔にならないうちは、好きなだけ酒を飲もう。神父の仕事に差し支えがあるようになったら、そのときは、私は酒ではなく、神父を辞めて山奥に引っ越そう。少し酒の臭いがしているかもしれませんが、勘弁してください」

と、いうのである。

十津川は、同行している中村神父が、

「構いませんよ」

と、いったので、酒のことは無視して、死んだ川野三太楼について聞くことにした。

「川野三太楼さんは、一日だけ、この教会に来たんですか？」

と、十津川が、聞くと、吉野は、

「いいえ、ここには三日間いらっしゃいましたよ。この部屋に泊まるようにと、私がいって、三日間、お互いに、寝るまでいろいろな話をしました」

と、いった。

「川野さんは、どうして、ここに来たんでしょうか?」

「理由はわかりませんが、川野さんは、去年の七月に、いらっしゃいましてね。その日は日曜日で、いつものようにミサがあって、全員で聖歌を歌い、私が皆さんに、お話をいたしました。それが終わって解散になったのですが、皆さんがお帰りになった後、教会の隅に男性が一人、倒れているのを発見しました。それが川野三太楼さんだったのです」

「なるほど。倒れているところを発見されたのですね。それで?」

「すぐに救急車を呼んで、近くの病院に運んだのですが、医師の診断では、疲労と空腹のために倒れたということでした。それで、静養のために三日間、川野さんは、この部屋にいたのですよ。それだけの話です」

「その三日間、川野さんは、どうしていたのでしょうか? この部屋からずっと、動かずでしたか? それとも、どこかに、出かけたりしていましたか?」

と、十津川が、聞いた。

「こちらに来るまでに、相当お疲れだったのでしょうね、さすがに、一日目だけは、この部屋から一歩も出ず、ずっと、寝ていらっしゃいましたね。二日目、三日目になると少し元気が出てきたのか、どうしても捜したい人がいるといって、朝早くから出かけて、夜遅くなってお帰りになりました。二日間とも会いたい人に会えなかったそうでしてね。ちょっとばかり、悲しそうな顔をされていましたよ。そして、四日目になると、ほかにも、捜したいところがあるといわれて、出ていかれたのです」

「私は」

と、十津川が、いった。

「警察の人間として、川野三太楼さんを殺した人間を、捜しています。そのためにぜひ知りたいのは、川野三太楼さんが、いったい何のために、あるいは、誰を捜しに、平戸から本州にやって来たのかということです。私はどうしても、その理由を知りたいのです。川野さんは、吉野神父に、何か、大事なことを話したのではないでしょうか？　例えば、平戸から出てきた理由です。それに誰を捜しているのか、あるいは、何を捜しているのかを、吉野神父に、話したのではないかと、思うのです。そうだとしたら、ぜひ、それを教えていただきたい。今のままでは、川野三太楼さんを殺した容疑者が浮かんでこないのです」

十津川が、頼んだ。が、吉野神父は答えず、じっと黙って考え込んでいる。

今度は、亀井刑事が、

「川野さんはわざわざ、この教会を訪ねてきて、三日間滞在した。普通に考えれば、その三日の間に、神父さんに対して、何か大事なこと、ほかの人にはいえないようなことを、告白したのではないか、そして、懺悔《ざんげ》をしたのではないかと思います。そうなら、ぜひ川野さんが、どんなことを話したのか、どんなことを打ち明けたのかを教えていただきたいのです」

と、いい、横にいた中村神父も、

「どうでしょう、私も、川野さんを殺した犯人を、一日も早く見つけたいと思っています。何か参考になることを、ご存じなのではありませんか？　できれば、それを、こちらの刑事さんに話していただきたいのです」

と、いった。

間を置いて、吉野神父が答えた。

「確かに、皆さんが想像された通り、川野さんが、この教会に来て二日目に、彼から懺悔を受けました。しかし、大変申し訳ありませんが、その内容をお話しするわけにはいきません。その代わり、これだけは、お話ししておきます。三日目の夜、川野さんは私に、明日出発したい、そういいました。私は、何のために、どちらに行かれるのですかと、聞きました。川野さんは、その理由については、何もお答えになられませんでしたが、これから東京に向かって、ゆっくりと歩いて行きたいと思っています。二、三カ月もあれば東京に着くでしょう。私には今、そうした、ゆっくりとした旅が必要なのですといわれました。翌日の朝早く、私が、まだ寝ている間に、川野さんは、黙って出発してしまったのです」

「なるほど、そういうことですね。しかし、川野さんは、ほとんど、お金を持っていなかったのではありませんか？」

と、十津川が、聞いた。

「たしかにそうなのですが、実は、これを買ってほしいと、頼まれたものがあるんですよ」

吉野神父は、部屋の隅に置いてあった段ボールの箱を取り出した。そこに入っていたのは、真新しい背広であり、靴であり、ワイシャツだった。

「これを買っていただけないだろうか。それができなければ、神父さんの知り合いの中で、これを買ってくれる人を、見つけてくださいませんかと、川野さんから、いわれたんですよ」

と、吉野神父が、いった。

「しかし、売れなかった？」

「私も、すぐには、売れないだろうと思いました。川野さんは、すぐにでも売ってお金にしたいようだったので、私が買い取る形にして、五万円の現金を川野さんに渡しました」

「そうすると、川野さんは、この教会にたどり着いた時には、別の服装をしていたというわけですね？」

「ええ、そうです。中古のジャンパーに着古したズボン、足には、くたびれたスニーカーを履《は》いていました。たぶん、あの服装ならば、全部合わせたとしても二千円にもならなかったでしょう。ですから、ここに来るまでの間に着替えたのかもしれませんね。そして、新しい背広などはどこかで売り払って、それを路銀の足しにしようと考えていたんだと思います」

「それで、行き先は東京だと、川野さんは、いっていたんですね？」

「確かに、そういっていました。間違いありません」

「しかし、京都から東京へ行くには、いくつものルートがありますよ。どのルートを通って東京に行こうとしていたのか、何か聞いていませんか？　東京都内の地図は、持っていたんですが、東海道の地図は持っていませんでした」

「ここにいる間は、東京の地図は持っていませんでした。ただ、私には、川野さんが無事に歩いて東京まで行けるかどうかが心配でしたので、簡単な東海道の地図と、私の知り合いが神父をやっている途中の教会を書いて、川野さんに渡しました。東京に向かっている途中で何か困ったことがあれば、この教会を訪ねなさいといいました」

「吉野さんが教えた教会の名前と場所を教えて下さい」

「ただ、実際にそこに川野さんが、寄ったかどうかは、わかりませんが」

そう断って、吉野はノートを取り出すと、そこに東海道の道路地図を描き、三カ所にカトリックの教会のマークを、描き入れた。

名古屋、豊橋、静岡、その三つの都市にある教会の名前と住所、それに電話番号だった。

「この三カ所の教会について、川野三太楼さんが寄ったかどうかを確認しましたか？」

十津川が、聞いた。

「いいえ、電話で問い合わせるようなことは、いっさいしていません」

「どうしてですか？　心配にはならなかったのですか？」

「川野さんが、出発する前夜におっしゃったのです。自分の行動を縛《しば》られるようなことはされたくない、と。ですから、私は、今までに電話をかけて、川野さんの足取りを追うようなことは、一度もしなかったし、これからもしないつもりです」

と、吉野神父が、いった。

十津川と亀井は、今夜は近くのホテルに泊まることにして、明日は、早朝から、川野三太楼が東京に向かって歩いたに違いない道を探ってみることにした。

翌朝、十津川が、出かけようとすると、中村神父が、

「私は、もう一日ここに留《とど》まって、あの吉野神父といろいろ話し合ってから十津川さんを、追いかけることにします」

と、いった。

「同じ神父さん同士でも、信徒の人が懺悔をした内容については、話し合ったりはしないわけでしょう?」

と、十津川が、聞いた。

「ええ、そうです。そういったことは一切しません。それは、たしかに禁じられています。しかし、吉野神父がどうしても気になっていれば、私に話してくれるかもしれないのです。ですから、私はそれを期待して、もう一日ここに留まって、吉野神父と話をしたいと思っているのです」

と、中村神父が、いった。

「そうですか。わかりました。それでは何とかして、吉野神父から聞き出して下さい。もしかしたら、今回の事件につながる話が、あったかも知れません。よろしくお願いします」

そういって、十津川と亀井は、京都駅に向かった。

2

十津川と亀井は、名古屋まで行き、翌日その市内にある教会を訪ねることにした。

そこは、京都の吉野神父に教えられた教会だった。この教会の神父は、伊地知《いじち》という名前の神父である。その名前からして九州の生まれではないかと思ったが、十津川の想像した通り、両親は長崎の人間で、伊地知神父も、長崎からこの豊橋に派遣されてきたという。

年齢はもう七十歳くらいだろうか。医師の免許を持っているという。地元の総合病院に勤める内科医でもあると、伊地知神父は、いった。

十津川が、川野のことを質問すると、伊地知神父は、

「ええ、川野さんなら、確かにここに来ましたよ」

と、いった。

十津川は、川野がこの教会に着いた日にちを聞いた。日数から考えると、どうやら川野は京都からここまで歩いて来たらしい。

「人を捜しているといっていましたね。ただ、相手がどこにいるのかはわからない。それで、九州からずっと捜して歩きながら、東京まで行くといっていました。東京にいるかも知れない。しかし、その人は身体が弱っているので、一気に東京へは行かないだろう。ゆっくりと身体をいたわりながら、歩いているに違いない。それで、自分も同じように歩いて東京に行くんですと、川野さんは、いっていました」

「その捜している人の名前はいっていましたか？」

「たしか、ワタグチさんという名前だといっていましたね。ワタルという字にクチを書く、ちょっと珍しい名前です。それならば、早く見つかるのではないかといったのですが、その人は、自分の名前を隠して生きてきたから、なかなか見つからないのだと、いっていました」

伊地知神父は、手帳にワタグチシンタロウ（渡口晋太郎）の名前を書いて、十津川に示した。

「川野三太楼さんは、なぜ、この人を捜しているのか、伊地知神父に、理由を話しましたか？」

亀井が、聞いた。

「それは聞きましたが、いえません。申し訳ありません」

「神父さんとしての務めからですか？」

「ええ。誰にもいわないでくれと、川野さんにいわれましたから」

「それなら、この渡口晋太郎という人を、捜していることは話したけれど、その理由はいえない。そういうことですか？」

と、十津川が、聞いた。

「その人は身体が弱い。だから、生きている間に会いたいのだと、川野さんは、いっていましたね」

と、医者でもある伊地知神父は、続けて、

「川野さんも体調が万全ではないように見受けられました。どこかに入院して治療すれば、長生きできるのに、なぜ自分の身体を痛めつけてまで人捜しをしているのでしょうか？　私には、それがわかりませんでした」

「その理由を、聞きましたか？」

「ええ、聞きましたよ。しかし、絶対にほかの人にはいわないでくれ。それを固くいわれましたから、申し訳ありませんが、お話しすることはできません」

伊地知神父は、繰り返してから、

「私の知っている病院に入院したらどうかと勧めました。しかし、自分の命がそう長くないことは、自分でも、よくわかっている。しかし、自分が、捜している渡口晋太郎という人も、同じように、長くは生きていられない。何としても生きている間に会わなくてはならない。川野さんは、そういっていましたね。まるで、それが神様から与えられた使命でもあるかのように感じているみたいでした」

「亡くなった川野三太楼さんは、母親が長崎で被爆しており、胎内被爆で生まれた子供です。そういう症状を示していましたか？」

と、十津川が、聞いた。

「断定はできません。人間の身体というのは、いろいろな理由で病気になりますからね。しかし、確かに川野さんは、甲状腺《こうじょうせん》が弱かった。それは生まれつきなのかも知れないし、胎内被爆のせいかも知れません」

「川野さんは、この教会には、何日いたんですか？」

「一週間です。ただ、そのうちの二日間は、身体がしんどい、疲れたといって、私の家でずっと寝ていましたね。あの人の身体は、間違いなく弱っています。それで、川野さんのことが、心配になってきたので、用心のために、小野《おの》さんという元気な六十歳で、個人タクシーの運転手をやっている人をつけました。私が料金を支払うので、川野さんを乗せて、案内してあげて下さい。小野さんには、そういって、お願いしました」

「その小野さんという運転手さんに会えますか？」

「ええ、もちろん、会えますよ。今も申し上げたように、とても、元気な人で、日曜日ごとに、ここにいらっしゃいますから」

と、伊地知神父が、教えてくれた。

3

日曜日までは待っていられないので、十津川と亀井は、自分たちの方から、小野の家を訪ねていった。

大きな車庫があった。そこに、小野個人タクシーという大きな看板が出ていた。車庫の上が住居になっていて、小野は、そこに、住んでいた。

会ってみると小野は、伊地知神父がいっていたように六十歳とは思えない、元気な男だった。今はここで、一人で生活しているという。

十津川が事情を説明して、川野三太楼のことを知りたいのだというと、

「私のタクシーに二回ほど乗せて、いろいろなところに、行きましたよ」

と、いってから、

「神父さんのいいつけで、私が、あの人のお相手を、することになったんです。料金は、神父さんが、払ってくれることになっていました。伊地知さんは、本当に面倒見のいい神父さんなんですよ」

小野は、ニコニコ笑いながら、いった。

「では、川野三太楼さんが行ったところに案内してもらえませんか。彼がどういったところに行って、何をやったのかを、知りたいのです」

と、十津川が、いった。

「そうですか。わかりました。すぐ行きましょう」

さっさと小野が、立ち上がる。

小野が、最初に十津川たちを案内したのは、市役所だった。

「川野三太楼さんは、この市役所に、何の用で来たんですかね?」

「それはわかりません。私は、ここで待っていてくれといわれて、ずっと車の中で、待機していましたから。川野三太楼さんは、市役所の建物の中に入っていきましたけれど、市役所のどこの部署に行って、何をやったのかは、わかりません」

と、小野が、いった。

十津川は、亀井と二人で市役所の中に入っていった。

受付で、川野三太楼の顔写真を示し、この人が、ここに何をしに来たのかを聞いてみた。

受付の女性が、案内してくれたのは、住民票の係のところだった。係の女性は、川野三太楼のことを覚えていた。

「この方なら確かにここにいらっしゃいましたよ。そして、渡口晋太郎という人が、最近ここに、引っ越してこなかったかと、聞かれました。私が、この方はどういう方なのかと聞いたんですけど、何でも六十九歳の小柄な男性で、九州からこちらに来たと思うので、もし、移ってきているのなら、どこに住んでいるのか教えて下さいといわれたのです。でも、いきなりそんなことを聞かれても、私どもにも、守秘義務がありますとお答えできませんというと、あまりに気落ちされた、ご様子なので、それとなく、転入されていないとわかるように、伝えました」

と、係の女性が、いった。

十津川たちは、外で待っていた小野に、

「この後、どこに行ったのかを、教えて下さい」

と、いった。

「警察署に行きましたよ」

と、小野が、いう。

何のために警察署に行ったのかも、小野はわからないという。とにかく、十津川は、そこに行ってもらった。

ここでも、川野から「外で待っていてくれ」といわれて、その通りにしていたという。

十津川は、警察署の中に入っていった。警察手帳を見せて、川野三太楼のことを聞いた。

彼がこの警察署を訪ねたのは、交通事故の直後だった。最近、管内でも、一人住まいの老人が増えて、交通事故や事件に、巻き込まれたり、あるいは死後何日もたってから、発見されたりすることも、少なくないという。

「川野三太楼さんは、自分が捜している渡口晋太郎という人が、そうした事故や事件などの被害者になっていないかと、聞きにみえたのです。こちらの記録には、その名前はありませんでしたので、そう返事をしました」

と、対応してくれた警官が、いった。

「そのとき、どうして渡口晋太郎という人を捜しているのか、そのわけを、聞きましたか？」

「一応、聞きましたが、答えてもらえませんでした。それで、あなたは、その人の友人か親戚《しんせき》なのかとも、聞きましたら、それについても話せないといわれましてね。それ以上、何も、聞きませんでした。とにかく熱心に、その渡口という人のことを捜していることだけは、わかりましたが、一人だけで捜すというのは、無理があるんじゃないですかね。相手がどこにいるのかも、わからないようでしたから」

担当の警官が、いった。

次に小野が教えてくれたのは、県内にある他の市役所であり、警察署だった。

そこでも、川野は、同じ質問をしていたらしいことがわかった。渡口晋太郎という老人の消息である。

ある市役所では、

「あれでは、なかなか、見つからないと思いますよ。こちらに転入してきたかもしれないという根拠を聞いても、はっきりした返事は、ありませんでした。もしかしたら、といった程度でしたから、あれでは人捜しも大変でしょうね。なかなか見つからないに決まっていますよ」

担当者はちょっとバカにしたような口調で、いった。

他の所でもその繰り返しで時間がどんどん経ち、夜になって十津川と亀井は、教会に引き返した。

「小野さんには、いろいろとお世話になりました。川野三太楼さんが、どこを、訪ねていったのかが、よくわかりました。しかし、結局、川野さんが、渡口さんという六十九歳の老人を捜していることはわかりましたが、この人がどんな人なのか、なぜ、捜しているのかが何一つわかりませんでした。ひょっとすると、神父さんには、話していたのではありませんか?」

十津川が、いうと、伊地知神父は、大きく首を横に振って、

「いや、そういうことは何も申し上げられません」

と、答えた。

その後、川野が、この教会で、一週間寝泊まりをしていた、その間のことを、いろいろと聞いてみた。

「毎日朝早く出かけていき、夜遅くなってから帰ってきましたね。人捜しをしているらしいので、さっきも申し上げたように、個人タクシーの小野さんに頼んで、市内を案内してもらうようにしたのです。その後、倒れて、三日間、私の勤めている病院に入院していました」

「どんな病気だったのですか？」

「一番の理由は、疲労ですね。無理をして歩き回っていたので、疲れて倒れてしまったんですよ。それに、内臓がかなり弱っていました。前にも申し上げたように、甲状腺の病気です」

と、伊地知神父が、いう。

4

十津川と亀井は、その日は市内のホテルに泊まり、翌日、川野三太楼が、入院していたという病院に行ってみた。

十津川には、病院長が会ってくれた。

「川野さんという方は、確か、どこかの市役所を訪ねているときに、市役所の中で倒れてしまったのです。それで、救急車でこの病院に、搬送されてきました。あとで分かったのですが、うちで働いている医師の知り合いだそうですね。疲労と甲状腺です。内臓も弱っていました。それで、入院させて点滴を打ちました。できれば一週間くらいはゆっくり入院をさせたほうがいいと、伊地知先生がいうので、その通りにするつもりでしたが、三日目に突然、病院を、抜け出してしまったのです。急いで伊地知先生に連絡をしたのですが、伊地知先生が、神父をやっている教会にも戻ってきませんでした。どこに行ったのかは不明です。ああいうふうに無理をしたら、いつか倒れて死んでしまうのではないか、そんな心配をしましたが、東京で亡くなったそうですね」

と、院長が、いった。

「川野三太楼さんのお世話をした看護師さんに会えますか？」

十津川が、いうと、院長が、その看護師を、呼んでくれた。

「無口で、自分からは、あまり話をしない人でしたが、とても優しい人でしたよ。何でも九州の平戸の生まれで、その話だけはいろいろと聞かせてくれました。海がきれいで、日本のどこよりもいいところだ。そんなことをいっていました。入院費は、伊地知先生が、払ったようです。健康保険証も持っていらっしゃらなかったから」

と、看護師が、いった。

「川野さんは、何をしに平戸から、この名古屋に、来たといっていましたか？」

「何でも人を捜しているといっていました。でも、詳しいことは、何もおっしゃらないんです。一人で捜すのは大変でしょうから、知っている人、家族とか、お友だちの応援を頼んだらいいじゃないですかといったら、黙ってしまって。どうも、力を貸してくれる人がいないのか、自分から、求めようとしないのかわかりませんけど、誰の助けも借りずに、自分一人で捜すんだと、おっしゃっていました。伊地知先生にいわせると、とても歩き回れるような身体の状態ではない。本来ならば、最低でも一カ月くらいは、ゆっくりと入院すべきなのに、それをしようとしない。あれでは、毎日少しずつ自殺をしているようなものだと、おっしゃっていました。私も川野さんを見ていて、そう、思いました」

と、看護師が、いった。

「川野さんのことで、ほかに、何か気がついたことはありませんか？」

「朝と夜、起きた時と寝る時には、必ずお祈りをされていました、小さなお茶碗を前に置いて。伊地知先生がいっていたんですけど、この人は、隠れキリシタンの子孫で、はないか、だから、同じカトリックなんだけど、歴史の中で信仰の仕方が少しずつ変化してしまって、信仰の形も私たちとは違うと、そうおっしゃっていました。でも、今もいったように、必ず朝と夜には、お祈りをされていました。敬虔なキリスト教徒だと思って、私は、川野さんのことを、尊敬しているんです。私はキリスト教徒ではなくて、仏教徒ですけれど、あれほど厳格にお祈りはしませんから」

と、看護師がいった。

5

翌日、十津川と亀井は名古屋から豊橋に移動し、吉野神父が教えてくれた豊橋市内の教会を、訪ねていった。そこは今までで、いちばん大きな教会だった。

十津川は、吉野とは知り合いだという神父に、話を聞こうと思っていたのだが、相手はすでに亡くなっていた。

十津川が会いたかったのは、榊原《さかきばら》という神父だった。

亡くなった理由を聞くと、夜遅く駅から少し離れた、そこは少しばかり治安の悪い、荒っぽい地区で、夜などは一人歩きは、危ないといわれるようなところなのだが、榊原神父は、訪ねてきた川野三太楼が、夜遅く、そちらの方に、人を捜しに行ったというので、心配して捜しに行った。そのときに、何者かに、殴られて死亡したというのである。

十津川は、その事件を扱った警察署に行き、詳しい事情を、聞いてみた。

「あの辺りは、少々荒っぽい感じの地区なのです。酔っ払い同士のケンカも、絶えませんしね。いくら神父だからといって、相手は、容赦しません。おそらく、何かのことで犯人と口論になって、殴られたんでしょうね。被害者の榊原神父は、まだ四十二歳という若さだったんですよ」

「犯人は逮捕されたんですか？」

「いや、まだ捕まっていません。現在、捜査中です」

と、相手が、いった。

それで、川野三太楼のことが、聞けなくなってしまったのだが、途中で別れた中村神父が追い付いてきて、

「榊原神父が、事件に巻き込まれて死んだということを聞いて、急いでこちらに来たんです」

と、十津川に、いった。

「榊原神父というのは、どんな人だったんですか？」

十津川が、聞くと、中村神父は、

「榊原神父は、貧しい人たちの救済に、奮闘されていらっしゃったんですよ。日本は経済的に発展しましたが、格差が生まれて、逆に生活が、苦しい人が多くなってきました。豊橋にも、そういう人が、たくさんいます。榊原神父は、そんな人たちの救済運動をしていらっしゃったんです」

「事件のあった辺りは、危険地帯とか、荒っぽい雰囲気の場所みたいに、いわれていますが、榊原神父は、そこで、事件に巻き込まれて亡くなったみたいですね」

「あの地区なら、私も一度、榊原神父と一緒に行ったことがあります。大きな都市というのは、どうしてもそういう地区を作ってしまいますからね。私がいる東京だって同じです。それは、大都市の持つ病気なんでしょうね。上流家庭が住んでいるところもあれば、その日暮らしで、何とか生きているような人間ばかりが集まっている地区もあります。あそこが危険なところだということは、榊原神父も当然知っていたでしょうが、平気で、その地区に住む貧しい人たちの救済のために働いていたんです。それにしても世の中というのは、何とも皮肉なものですね。助けようとしていた人に、殺されてしまったんですから。都会からは、そういう雰囲気を、なくさなければいけないんでしょうけどね。そういうときには、私たちは、どうしても、無力を感じてしまいます」

「川野三太楼さんを受け入れた榊原神父が亡くなってしまったので、川野三太楼さんが、いったいどんなことをしていたかが、わからなくなってしまったんです」

十津川が、いうと、中村神父は、

「それなら、私が、調べてみることにしましょう。誰かが絶対に、知っているはずです」

と、いった。

確かに、この教会に集まる信徒たちには十津川のような刑事に、話をしてくれるような雰囲気はなかった。

そこで、中村神父は、

「困っている人を助けましょう」

と、いって、川野三太楼について、多くの信徒と、話をしてくれたのである。

川野三太楼が、ここにいたのは二十日間だという。今まで、川野が訪れてきた三つの教会の中では、いちばんの長さである。

「川野さんは、京都や名古屋と、同じように、ここ豊橋でも、人捜しをしていたように思えます。捜していた人の名前は、渡口晋太郎です。ただこの人がどんな人なのか

は、わからなかった。だから、ここの信徒さんたちも、協力できなかったといってい
ます。どうやら川野さんは、歓楽街で、その渡口晋太郎という人を捜していたような
のです。それを心配して、榊原神父も歓楽街に行って、そこで、被害に遭ったと思わ
れます」

「それなら、今夜、私を、その地区に連れて行って下さい」

と、十津川が、いうと、中村神父も、

「行きましょう。榊原神父が亡くなった場所を、私も、この目で見てみたいですから
ね」

と、いった。

6

その日、夜になってから亀井も加えて、三人でそこに行った。飲食店が多い地区で
ある。クラブやバー、スナックなどの飲み屋が並んでいるが、その雰囲気も、他の地
区とは、だいぶ違っていた。

庶民的な店が多く、料金も安い。しかし、何となく危ない感じがする地区だった。

警察署の刑事が、榊原神父が倒れていた場所に案内してくれた。飲み屋街の真ん中だった。まだ、午後八時を回ったばかりだというのに、酔っ払った男がいた。何か事件か事故が起きたのか、パトカーのサイレンの音がしている。

「川野さんは、こんなところだからこそ、捜している渡口晋太郎という人がいると思っていたようですね」

と、中村神父が、いった。

「そうなんでしょうね。これは、私の勝手な臆測《おくそく》ですが、渡口晋太郎という人は、警察に追われているような、そんな人だったのかも知れませんね。警察に追われている人間の隠れ場所として、こういう危険なところ、荒っぽいところを、選ぶかも知れない。川野さんは、そんなふうに考えて、この辺りを、捜していたのではないでしょうか？」

十津川が、自分の考えを、中村神父に、話した。

「なるほど。当たっているかも知れませんね」

「念のために、長崎県警に問い合わせてみたのですが、渡口晋太郎という人間を指名手配していることはないと、いわれました」

「それでも、この渡口晋太郎という人間には、十津川さんがいわれるように、誰かに追われている、そんな感じを受けますね。そんな人を川野さんは一生懸命追いかけていた」

と、中村神父が、いう。

「それについては、まったく同感です。京都、名古屋、そして豊橋と、ここまで川野さんの足跡を追ってきて、ますますそんな感じが、強くなってきました」

十津川は、さらに続けて、

「一方の川野三太楼自身には前科はないし、地元の警察は、彼を、指名手配はしていない。家族から捜索願いが出ているだけです」

飲食店街を、十津川たちは、川野三太楼の写真を見せて、回った。

次の日も、夜になると、三人で飲み屋街を、捜した。

やっと川野三太楼と思われる男を見たという、飲み屋のオヤジを見つけた。

「何か青い顔をした、病人みたいな男だったよ。呑《の》みに入ってきたのかと、思ったら、人を捜している。そういって、写真を見せられた。確か、渡辺とかいう人を捜しているっていっていたな」

と、飲み屋のオヤジが、いう。

「ワタナベじゃなくてワタグチじゃないですか?」

と、亀井が、聞くと、

「ああ、そうだ。ワタナベじゃなくてワタグチだ。ワタグチという人を捜しているんだが、知らないか、見たことはないかと聞くので、そんな男は知らないよといったんだ。そうしたら、しつこい男でね。店で呑んでいる客一人一人に、聞いて回るんだよ。それで、お客が怒っちゃってね。お前みたいなヤツは二度と来るなって怒鳴って店の外に放り出しちまったんだ。オレが覚えているのはそれだけだよ」

飲み屋のオヤジが、笑いながら、いった。

「どうして、ワタグチという人を捜しているのか、あなたに、理由をいいましたか？」

「いや、いってなかったね。こっちも聞かなかった。とにかく、こんなところに来て、あんなに、しつこくしちゃダメだよ。みんな酔っ払ってるんだからさ」

と、オヤジは、また、笑った。

十津川が、そのあと、中村神父に向かって、

「それにしても、川野三太楼は、なぜ、そんなに執拗《しつよう》に、一人の人間を捜しているんでしょうか。それが、わからない」

「私は、川野さんの動きが、まるで四国のお遍路《へんろ》のような気がしているんです。もちろん、歩いて、八十八寺を回るお遍路です。昔のお遍路さんには、途中で亡くなる人

が多かったといわれています。だから、八十八寺の中に、薬師如来を祀《まつ》る寺が多かった。薬師如来は、病気を治す仏ですからね。そんな危険があっても、昔のお遍路さんは、四国中を歩いて回ったのです。川野さんには、そんなお遍路さんの姿を、見てしまうんですすよ」

と、中村神父は、いった。

「それでは、彼が捜しているのは、仏様ですか？　渡口晋太郎というのは人間の名前ですが」

十津川は少しばかり、皮肉をこめて、いった。

第三章　長崎県平戸

1

十津川が、平戸に行く前に、亀井にいったことがある。

「今回は、向こうの警察には協力を要請せず、密《ひそ》かに行きたい。もちろん、最後には、向こうの警察の協力が必要になってくるが、何といっても宗教が絡んでいる事件だからね。今は、なるべくひっそりと調べたいんだ」

この言葉に、亀井も、賛成した。

羽田から長崎に飛行機で飛び、列車で佐世保《させぼ》に向かった。

佐世保の駅には「日本最西端佐世保駅ＪＲ」と看板が出ていた。

ここから先は、私鉄の松浦鉄道に乗り換える。一両編成の、白く塗られた列車で、行き先は、たびら平戸口である。

細かく列車を乗り継いでいくことにしたのは、川野三太楼が、平戸から急がず、まるでお遍路のように細かく歩いて、あるいは列車に乗って、ゆっくりと、東京までやって来ていたからである。

その川野三太楼と同じ気持ちを、自分でも味わってみたい。十津川は、そう思ったのだ。

小さな駅がたくさんあり、それを一つ一つ確かめるようにして、ワンマンカーがゆっくりと進む。

車内で十津川は、用意してきた平戸の地図を広げた。

十津川の想像の中では、平戸という島があり、その島の中に平戸という町があるような感じだったのだが、全く違っていた。

地図を見ると、平戸島よりも平戸市のほうが大きいのである。もちろん、平戸島は平戸市だが、平戸島の北西にある生月島《いきつきしま》、さらに北にある度島《たくしま》と的山大島《あづちおおしま》もそれぞれ平戸市になっている。

それだけではない。

十津川と亀井が、これから、列車で行こうとしている平戸島への入口、田平《たびら》も平戸市である。

もう一つ、十津川が持ってきた、平戸の観光案内本の中には、平戸についてこう書かれてあった。

平戸には、八つの名所がある。

その一つは、日本が最初にオランダと交流を持った城下町が平戸であり、それに関係したものがあるということ。

二番目は、長崎でのキリスト教の布教は、平戸から始まっている。それを証明するかのように、平戸には、美しい、いくつもの教会がある。

三番目は、平戸には、ため息の出るような美しい自然がある。平戸は、教会がたくさんあることで有名だが、平戸島と生月島、あるいは的山大島などは、ライトブルーの海と車のドライブウエイが美しい。キリスト教の歴史と教会だけではなく、美しい自然と出会うことができる町、それが平戸なのである。

そして四番目、平戸は海に囲まれ、牧畜も盛んなので、誰もが満足できる海産物や牛肉に出会うことができる。

五番目、平戸には温泉がいくつかあり、いずれも泉質が柔らかいので、美人の湯と呼ばれている。

六番目、平戸には、いわゆる南蛮渡来のスイーツが揃《そろ》っている。

七番目、たびら平戸口の北西にある薄香《うすか》には、昭和の香りがする地区があり、それが映画のロケ地にもなっている。

そして、最後の八番目、松浦鉄道のたびら平戸口駅は、日本の最西端の駅である。鉄道ファンなら一度は訪ねたいと思うだろう。

パンフレットには、この八つが、平戸の誇る観光ポイントだと書かれている。

「まるで、平戸は、カトリックだけが売り物じゃない。ほかにもいろいろと楽しいところがたくさんあると、そういっているように見えますね」

と、亀井が笑った。

「一般の観光客なら、たしかにそう思うだろう。しかし、平戸に行くわれわれの目的は、カトリック、それも隠れキリシタンの問題だけなのだ。われわれは、そのつもりで平戸を見てこよう」

松浦鉄道を、たびら平戸口駅で降りる。案内書にあった通り、「日本最西端の駅」と書かれてある。ここからは、平戸大橋を渡って平戸島に行くことになる。

初めての平戸である。無駄に動きたくなかったので、十津川は、タクシーを頼んで案内してもらうことにした。

運転手は、小柄な感じのいい男だった。

「初めて平戸に来たのですが、市内を案内してほしいのです」

と、十津川が、声をかけた。

「わかりました。それで、どういうところを見たいのですか？」

と、運転手が、聞く。

「今日は、キリスト教関係の有名なポイントがあったら、そこを案内してもらえませんか？」

と、十津川が、いった。

運転手が、

「ひょっとして、お二人とも、キリスト教の信者さんですか？」

と、聞く。

「いや、われわれはクリスチャンではありませんが、平戸といったら、やはりキリスト教の教会などを、見てみたいなと思っていたのですよ。運転手さんはクリスチャンですか？」

逆に、十津川が、聞いた。

「ええ、クリスチャンです。ですから、毎週日曜日には、教会に行って、お祈りをしています。隠れキリシタンでは、ありませんよ」

と、運転手が、いう。

「隠れキリシタンだって運転手さんだって、同じクリスチャンなんじゃないですか？」

と、亀井が、いった。

「皆さん、そう思っておられるようですが、信仰の方法が違いますからね。一緒にはならないと思いますよ」

妙に頑固に、運転手が、いった。

「それじゃあ、現代のキリスト教のポイントに案内してください」

と、十津川が、いった。

「平戸島にわたる前に、キリスト教に関係した天主堂など見るべきものがありますから、先にそちらにご案内しましょう」

タクシー運転手が最初に案内してくれた田平天主堂は、レンガ造りの大きな教会で、三年間かけて造られ、大正七年に完成したものだという。

その教会は、中に入ることもできた。以前はミサが行われるときには、中を見ることができなかったそうだが、今は、タクシーの運転手の案内で、中に入ることができた。

外観は赤色のレンガが使われていたが、中は淡いクリーム色である。

「長崎のキリスト教は、江戸時代に、弾圧されていましたよね？」

と、亀井が、聞くと、

「ええ、そうです」

といって、運転手は説明してくれた。おそらく観光客が、タクシーに乗ってからキリスト教や教会について聞くことがよくあり、毎日のように、それに、答えているのだろう。

運転手の説明によれば、長崎のキリスト教の伝来は、有名な、フランシスコ・ザビエルが平戸にやって来て、キリスト教の布教を始めたのが、最初だという。

当時、平戸は松浦藩で、藩主の松浦隆信《たかのぶ》がポルトガルとの交易を積極的に進めたために、同時にキリスト教も入ってきた。松浦藩の家老が入信したので、平戸の人々も、その多くが一斉にキリスト教に改宗した。

ところが、キリスト教を認めていた松浦藩主が亡くなり、次の藩主がキリスト教を弾圧するようになった。

そこで、信徒たちの多くは平戸から逃亡し、それでも家に神棚を作ったり、仏壇を備えたりして隠れて信仰を続けた。

明治になって信仰の自由が認められるようになると、潜伏していたキリシタンたちも表に出てきて教会を建て、そこに通うようになった。

「しかしですねえ、信仰の自由が認められた後になっても、弾圧されていた時代そのままの信仰の形態を、ずっと、守り続けた人たちもいるのです。その人たちのことを隠れキリシタンと呼ぶのです。でも、今では『隠れ』ているわけではないので、学者先生たちは、カタカナで『カクレキリシタン』と書いていますね。それが、一般的になっています」

と、運転手が、いった。

2

次に運転手は、キリスト教弾圧のとき、日本に来ていたイタリア人宣教師カミロ・コンスタンツォが、火炙《ひあぶ》りの刑に処せられたという、今は聖地になっている場所に、十津川たちを案内した。

両手を突き上げるような形のモニュメントがあり、現在は公園になっていた。

その後、平戸大橋を渡って、平戸島に、入っていった。

田平地区もそうだったが、平戸島に入ると、やたらに、教会が目に入ってくるようになった。

田平の天主堂は重々しい感じだったが、平戸島の教会は、逆に、明るく、やたらに軽快な感じがする。

十津川は仏教徒だが、それでも深い信仰を持っているとはいいにくい。家族が死んだときの葬式や新年などのお参りをする時だけに宗教を意識する、その程度である。そんな目で見るせいか、教会を見ても、やたらに美しくて可愛いとは思うが、重々しい感じはしなかった。

それ以上に、十津川は、平戸島の海岸線を走ると、海の美しさに、見とれた。

途中で、運転手に、いった。

「運転手さんがいった、カクレキリシタンの人たちがいる場所が、わかったら、案内してもらえませんか？」

と、十津川が、いった。

東京で死んだ川野三太楼は、運転手に話を聞いた限りでは、どうやら古い信仰の形態を守っているカクレキリシタンの一人だったような感じもするからである。

「お二人は、カクレキリシタンの研究にいらっしゃったのですか？」

と、運転手が、車を停めて、聞いた。

「いや、そんなことはありませんよ。ただ、東京でカクレキリシタンという言葉を聞いたので、どんなものなのかを、知りたくて、平戸に来たのです。今でもその人たちは、違った形で、信仰を続けているというのは、本当ですか？」

と、十津川が、いった。

「そうですよ。おそらく頑固なのでしょうね。あるいは純粋なのかもしれません」

「その人たちは、一般の教会にも、来ることがあるのですか？」

「それは、ありません。カトリックとカクレキリシタンでは、信仰の形が違っていますから。でも、カトリック教会のほうで、カクレキリシタンの人々を、排除することはないようです」

「カトリック教会に行かないのなら、カクレキリシタンの人が集まる教会はあるのですね？」

十津川が聞いた。

「教会と言われるような、建物はありません」

「では、信徒の集会や、信仰の儀式などは、どこで行うのですか？」

「カクレキリシタンには、集落ごとに、組織があります。その組織の長の家に集まることが、多いようです」

「教会ではなくて、個人の家ですか？」

「江戸時代に、教会なんてものが、あるはずもありませんよね。何かの行事を執り行うときには、個人の家に集まりました。その伝統を、カクレキリシタンの人々は、今も受け継いでいます」

「そこに集まって、どんなことをするのですか？」

「私も、詳しくは知りませんが、仏教徒と同じように、その時期その時期の行事を行っているようですし、キリスト教に関連のある行事も、その中に混じっているようです。昔は、村の寄り合いの宴席を、装ったりしたのでしょうが」

「聖母マリア像とか、十字架を隠し持っていて、その集まりのときだけ、出してくるとか」

「まさか。他人の目に触れて、すぐにそれとわかるようなものは、危険きわまりないじゃないですか。そうじゃなくて、たとえば、多くのキリシタンが処刑された島を拝むとか、ある山をデウス神として拝むとか。それに、仏像画なども拝みますね」

「なんでもあり、ですね。身近なものを、キリスト教に関係するものに見立てて、拝むのですね」

「だから、潜伏キリシタンとか、隠れキリシタンと言われたのです。付け加えておきますと、当地では、カトリックに復帰したキリシタンとカクレキリシタンは、まったく別のものです。東京のお客さんなんかは、同じものだと、見ておられるようですが」

十津川たちには、初耳だった。

「まあ、おいおいと、ご説明していきますから」

「これから、会いに行く人は、カクレキリシタンですよね？」

と、十津川は、つい、念を押してしまった。運転手は、やっと、微笑して、

「いえ、復活キリシタンですね。カクレキリシタンとは違って、カトリックとほぼ同じ形態ですよ」

そういってから、運転手が、連れていったのは、平戸島の南部の高原地帯だった。

そこに、小さな集落があった。その集落の周辺には、畑が広がっている。

「平戸島の人たちは、ほとんど、漁業をやっていらっしゃると思っていたんですが、ここの人たちは、どうやら農業をやっているみたいですね」

と、十津川が、いった。

「平戸で一番盛んな産業といえば、たしかに漁業ですが、その一方で、農業も盛んな

のです。牧畜もあるし、果物の栽培もありますよ。ここの集落の方々は、皆さん、農業に従事していますね」

と、運転手が、いった。

そこは、五十戸くらいの、ごく小さな集落である。集落の周りに、広がっているのは段々畑だった。

集落の長である川野太一郎《たいちろう》という人の家に、運転手は、案内してくれた。

「ここの集落は、川野姓の人が多いのですよ。私は遠慮しますから、お二人で訪ねていってください」

と、運転手が、いった。

十津川たちは、少し離れた場所でタクシーを降り、運転手が教えてくれた家まで歩いていった。その家の前にあったのは漁業の道具ではなくて、農機具だった。

声をかけたが、すぐに返事はない。何回か声をかけ直して、やっと、応答があった。出てきてくれた集落の長の川野は、魚の臭いではなくて、土の臭いのする、背の高い七十代の男だった。

十津川は、自分たちが、東京の刑事であることは告げずに、東京で川野三太楼さんが倒れているのを見つけて、病院に運んだ者ですとだけ、いった。

川野太一郎は、十津川の言葉を疑いもせず、二人を中に招じ入れてくれた。

部屋には十字架があった。マリア像もある。

「今日は、何の御用でいらっしゃったのでしょうか？」

と、聞かれた。

「今も申し上げたように、私たちは、倒れていた川野三太楼さんを、救急車で、病院に運んだ者なのですが、病院から、この川野三太楼さんという人は、何の用で東京まで来たのか、それを知りたいといわれて、困っているんですよ。それで、お聞きしたいのですが、川野三太楼さんは、どんな用事があって、東京までいらっしゃったのでしょうか？　もちろん、そのことを、教会の神父さんには話しますが、ほかの人には一切話しません。ですから、その理由を、教えていただきたいのですよ」

と、十津川は、つとめて、丁寧にいった。

十津川のいったことは半分嘘だが、頑固そうな相手には、嘘をつかなくては、教えてもらえないと思ったのである。

それでも、相手は、難しい顔をしたまま、しばらく黙っていた。

「せっかくここまでいらっしゃったのに大変申し訳ないが、あの男のことは、話したくないのですよ」

と、川野太一郎が、いった。

「どうしてですが？」

と、十津川が、聞いた。

「理由は申し上げられません。こちら側の問題ですから」

「しかし、川野三太楼さんは、東京に行くまでに、豊橋や名古屋、京都などの教会で、お世話になっているんですよ。ですから、その理由をおっしゃったほうがいいのではないかと思いますよ。今のままでは、川野三太楼さんのお世話をした教会の方も、納得できないと思いますから」

十津川は、少しばかり強い口調で、いってみた。

それでも、相手は、

「あの川野三太楼という男は、正直にいえば、追放された人間です。その人間が何をしようと、私も、この集落の人間全員も、これ以上、あの男に迷惑をかけられるのはごめんだと思っているのですよ」

と、いう。

「追放というのは、穏やかではありませんね。まさか三太楼さんが、信仰を捨てたのではないですよね？」

「その点は、私の口から申し上げるわけにはいきません。しかし、今も申し上げたように追放されました。何を勝手にやっていたのか、私は知りません」

川野太一郎は、あくまでも、頑固だった。

そこで、十津川は、質問を変えることにした。

「ここに、渡口晋太郎という人はいますか？」

と、聞いた。

「いいえ、そういう名前の方は、いらっしゃいません」

これは、あっさりと否定した。

渡口晋太郎は、この集落の人間ではないかもしれないが、この男について、川野太一郎が何か知っていることは間違いないと思った。

十津川は、また、質問を変えた。

「戦争中、この集落の方は、長崎で被爆したのではないですか？」

と、聞いた。

一瞬間を置いてから、

「そうですね、何人もの村の人間が被爆しています」

と、いう。

長崎での被爆体験については、禁句にはなっていないらしい。

「どうして、あの瞬間に、この集落の方々は長崎の町に、行っていらっしゃったのでしょうか？」

「この村は、ご覧になっておわかりかと思いますが、貧しいのです、戦争中も、そうでした。ですから、村の何人かは、いつも長崎で働いていました。あの日、昭和二十年の八月九日も、この村の十二人が、長崎で働いていました。それで被爆したのです」

と、川野太一郎が、いった。

「失礼ですが、あなたも胎内被爆されたのですか？」

と、亀井が、聞いたが、この質問に対しては、

「そういう人間もいるようですが、私は違います」

と、否定されてしまった。

3

その後は、ほとんど相手が口を閉ざしてしまったので、いったん諦《あきら》めて、十津川たちは、タクシーのところに戻った。

「どうでした？」

と、運転手が、聞く。

「そうですね。口数の少ない、いかにも信者らしい人でした」

と、十津川が、いった。

「そうでしょうね。あの集落の人たちは、全員、口が堅いんですよ」

運転手は、小さく肩をすくめてみせてから、

「これからどこに行きますか？」

十津川は、

「そうですね」

と、ちょっと考えてから、

「市役所にいってほしい」

と、いった。

「市役所ですね。わかりました」

平戸島の南に来ていたタクシーは、Uターンして、今度は、平戸島の北に、向かって走る。

平戸市役所は、平戸市の中心街、平戸港の奥まったところにあるという。三八三号

線をひたすら北に向かって走る。

その間に、視界に時々カラフルな教会が入ってくる。そのたびに、運転手は、

「寄らなくてもいいんですか？」

と聞く。

最初にタクシーに乗ったときに、教会のことを話したからだろう。それを思い出して、十津川は、そのたびに、

「寄らなくても大丈夫です。今は市役所にお願いします」

と繰り返した。

平戸市の中心部も、ほかのところと同じように、やたらと教会が目についた。その中に平戸港があり、港の奥まったところに、平戸市役所があった。

ここでも十津川は、警察手帳を出さずに南の集落で、村長の川野太一郎にいったように、東京の郊外に住んでいて、川野三太楼さんが倒れているのを発見して、救急車を呼んで病院に運んだ人間だとだけ告げた。

その後、

「川野三太楼さんの件で、東京の区役所や病院に質問されて、われわれも困っているんですよ。川野三太楼さんは、渡口晋太郎さんという方を捜して、この平戸から東京

まで来たらしいのです。渡口晋太郎さんという人は、平戸の人なのかどうか、それを確かめてきてくれと、区役所から頼まれましてね。それで来たのですが、渡口晋太郎さんは、この平戸の人ですか？」

と、聞いた。

嘘をつくと、自然に口数が多くなる。内心参ったなと思っていたが、市役所の担当者は、別に疑いもせずに調べてくれた。

「渡口晋太郎さんは、間違いなく平戸の人ですね」

と、いった。

「現在、彼は、どうしています？　まだご健在ですか、それともすでに亡くなっていらっしゃいますか？」

と、十津川が、聞いた。

「ちょっとお待ちください」

といって、担当者は、すぐにどこかに電話をしてくれて、

「同じ集落の方に、聞いたのですが、現在、行方不明だそうです」

と、いった。

「行方不明というのは、どういうことでしょうか？」

「申し訳ありませんが、詳しいことはわかりません。向こうの責任者の方が、行方不明だとそうおっしゃっているものですから、それをそのままお伝えしただけです」

「それなら、その責任者の方にお会いしたいのですが、どこに行ったら、会えるでしょうか？」

と、十津川が、聞くと、担当者は、

「その方は、この平戸の、南部のS山ヶ岳の裾野《すその》にある集落の方です。そこで、牧畜をやっていらっしゃる方が責任者になっていますけど」

と、いい、その場所までの地図を描いてくれた。

「漁師の方ではないのですか？」

と、亀井が、聞いた。

「いいえ、違います。牧畜です。牛や豚を飼っていらっしゃいます」

と、相手が、いった。

二人は礼をいい、タクシーのところに戻って、平戸島南部のS山ヶ岳の裾野で牧畜をやっている人のところにいってほしいと、いった。

「それなら、さっきと大体同じところですよ」

と、いいながら、運転手は、アクセルを踏み込んだ。

「平戸の人たちの主な職業といえば、漁業でしょう？」

と、亀井が、聞いた。

「ええ、そうですが」

「農業や牧畜をやっている人は少ないのではありませんか？」

「ええ、たしかに少ないですが、それがどうかしましたか？」

と、運転手が、聞いた。

「いや別に」

と、亀井が、言葉を濁した。

これは偶然なのだろうかと、十津川も黙って考えた。

運転手は、またさっきと同じ南の丘陵地帯に向かって車を飛ばす。

「あれがS山ヶ岳ですよ」

と、運転手が、指差した。

低い山である。せいぜい高さは三百メートルくらいのものだろう。その裾野で牧畜をやっている集落があった。

運転手は、その集落の村長のところに二人を案内してくれた。

車を降りながら、十津川が、運転手に、聞いた。

「この集落の人たちは、カクレキリシタンじゃないんですか？」

「そういうことになりますね」

と、いって、運転手が、笑った。

たしかに村長の家では、十字架もなかった。

村長は、十津川の質問に対して、

「たしかに渡口晋太郎は、うちの村の人間ではありますが、もう村の人間ではないのと同じです」

と、いった。

「どうしてですか？」

「渡口晋太郎は、村の掟《おきて》を破るようなことをしましてね。それで追放しました」

と、いう。

何となく、川野三太楼みたいな話だと思った。

「何か、事件でも起こしたんですか？」

十津川が質問すると、村長は、

「渡口がまた、何か悪いことをしましたか？」

と、聞き返してきた。

「いや、別に悪いことは、何もしていませんよ。ただ、私は、東京で、渡口晋太郎さんに会ったんです」

十津川は、また嘘をいった。

「それで、その時に親切にしていただいたので、渡口晋太郎さんに、お礼をいいたくてここに来たのですが、今、渡口さんは村にはいらっしゃらないのですか？」

「いませんね」

「では、どこにいるんでしょうか？ どこに行ったら、渡口晋太郎さんに、会えるんでしょうか？」

「わかりません」

村長の言葉が、だんだん短くなり、険が含まれるように、なってきた。

「どうして、渡口晋太郎さんの行方が、わからないのですか？ 調べようとなさらないんですか？」

と、亀井が、聞いた。

「渡口晋太郎は、この村を捨てた人間なんですよ。自分からどこかに身を隠して、行方不明になってしまいました。そういう人間ですから、こちらから、捜そうという気は、全くありません」

と、村長が、いった。

「渡口晋太郎さんは、具体的に、いったいどんなことをやったのですか？　どうして、この村を捨てて、行方不明になってしまったんですか？」

と、十津川が聞き、続けて亀井も、

「現在、渡口晋太郎さんが、行方不明になっているといいますが、どうして、彼のことを捜さないのですか？　彼に家族はいないのですか？」

「今も申し上げたように、渡口晋太郎は、この村を、自分のほうから捨てて、身を隠しました。家族を捨てたのも同じです。ですから、これ以上、こちらから彼のことを捜す必要は、全くないということに決まりました」

と、村長が、いう。

「渡口晋太郎さんが、いったい何をしたのか、なぜ行方不明になってしまったのか、できれば、それだけでも、教えてくれませんか？」

と、十津川が、いうと、村長は、それには答えず、逆に、

「お二人は、どうして渡口晋太郎にこだわっているのですか？　なぜ、彼のことをそんなにも知りたがっているのですか？　その理由を聞かせていただきたい」

と、聞く。

少しずつ村長の言葉が強くなっていっている。

「今も申し上げたように、渡口晋太郎さんのことが心配だからですよ。心配するのはいけませんか？」

十津川のほうも、だんだんと強い口調になっていった。自然に、刑事口調が出てしまう。

村長のほうは、

「渡口晋太郎は、人の道に反することをしてしまった」

の一点張りになってきた。

「誰かを傷つけたわけですね？　そうじゃないんですか？」

「そう受け取ってくださっても結構ですよ」

と、村長が、いう。

「この近くの集落の、川野三太楼さんという人が東京で亡くなっているのです。もしかしたら、渡口晋太郎さんは、その川野三太楼さんと何か、関係があるんでしょうか？」

「そちらがどう考えようと構いません。とにかく、渡口晋太郎という人間は、家族を捨て、この村を捨てて行方不明になってしまったのです」

と、村長が、いった。

「もう少し具体的な話をしてください。渡口晋太郎さんは、川野三太楼さんに、何か危害でも加えたのでしょうか？」

十津川は、さらにしつこく食い下がった。

「それ以上のことをしたのです。ですから、渡口晋太郎のことを、どうしても、許せなくなりました」

村長が、少し、言いかえた。

十津川は、分からなくなってしまった。

彼が知っている限り、川野三太楼は、この平戸から東京まで渡口晋太郎という人間を捜し歩いて、東京で亡くなったのである。だとすれば、川野三太楼は、渡口晋太郎を傷つけるようなことをして、それを謝ろうとして捜し歩いていたと考えられる。

しかし、今目の前にいる村長の話を聞けば、渡口晋太郎のほうが川野三太楼を傷つけて、そのため村を追われ、行方不明になったように受け取れる。

それなのに、なぜ川野三太楼は、渡口晋太郎を捜し歩いた末に死んでしまったのだろうか？

「渡口晋太郎さんの家族に会わせてもらえませんか？」

と、十津川が、いった。

「ダメです」

と、村長が、いう。

「家族は何人ですか？」

「奥さんは、すでに、亡くなりました。娘さんが二人いましたが、今は二人とも、鹿児島に行くといって、この村を離れてしまっています。ですから、家族には、会いたくても会えませんよ」

と、村長が、いう。

（嘘だな）

と、十津川は、思った。

渡口晋太郎の奥さんが亡くなったというのは、おそらく、本当だろう。

しかし、娘二人が、現在、鹿児島に出ていていないというのは、どうにも怪しい話に聞こえた。

しかし、真正面から聞いても、村長は、本当のことを答えては、くれないだろう。

十津川は、そう考え、いったん挨拶《あいさつ》をして、引き上げることにした。

タクシーに戻ると、十津川は、運転手に頼んだ。

「この集落には、渡口晋太郎の娘さんがいるような気がします。平戸市役所から行方不明の、渡口晋太郎さんのことを聞きに来たので出て来て下さいと、いって、娘さんを、誘い出してもらえませんか」

運転手は、眉をひそめて、

「そんな、嘘をいっても、大丈夫なんですかね？」

「これは、人命に、かかわることなので、ぜひお願いします。われわれとしては、渡口晋太郎さんを見つけ出したい。それだけです」

と、十津川が、いった。

運転手は、十津川の言葉を信じてくれたのか、黙ってタクシーを運転して、集落に近づいていった。

十津川と亀井は、物陰に隠れて、じっと、見ていた。

三十分近くかかって、やっと、タクシーが、こちらに向かって戻ってきた。それに向かって十津川たちが飛び出す。

タクシーが停まる。後ろの座席には、二十代の女性が、乗っていた。

十津川は、今度は、警察手帳をその娘に見せた。嘘をついて、話を聞くのは難しそうだと思ったのだ。

手帳を見せておいてから、

「東京で起きた事件のことで渡口晋太郎さんを捜しています。今どこにいるのか、なぜ、行方不明になっているのか、その理由を教えていただきたいのです」

と、嘆願した。相手が黙っているので、十津川は更に、

「東京で亡くなった川野三太楼さんと渡口晋太郎さんの失踪とは、何か関係があるのではないかと、思っているのです。渡口晋太郎さんは、川野三太楼さんを、傷つけた。ひょっとして、傷害を与えたんじゃないか。それで逃げて、川野三太楼さんが追いかけていた。違いますか？」

と、付け加えた。

娘は、村長と同じように、じっと黙っていたが、

「違います」

と、短くいう。

「詳しく教えてください。どう違うのですか？」

「傷つけたのは、川野三太楼さんのほうです。父は傷つけられました」

と、娘が、いう。

「本当ですか？」

「ええ、本当です」

「だとしたら、どうして、被害者の渡口さんのほうが、失踪してしまったんですか？」

「申し訳ありませんが、それについては、申し上げられません」

「そうですか。それでは、別の質問をします。どうして、傷つけられた渡口さんが逃げ出して、傷つけた川野三太楼さんが渡口さんを、追いかけたのですか？　その理由を教えてください」

と、十津川が、いった。

「教えられません」

と、娘が、いう。

「どうしてですか？」

「父は、もう川野三太楼さんのことを、許していると思うからです」

と、娘が、いった。

「どうして、そう思うんですか？」

と、十津川が、続けて、きく。

「父は、いつも頭を下げていましたから」

「お父さんは、カクレキリシタンですか？」

です」


「そういわれています」

「しかし、自ら姿を消したわけでしょう？　別に、事件を起こしたわけでもないのにです」

「――」

「答えられないんですか？　それとも、答えるのが嫌なんですか？」

「もういいでしょう。帰らせて下さい」

と、娘は、いった。

十津川は、これ以上粘っても無理だと感じて、

「もう結構です。ただ、話したくなったら、連絡して下さい」

と、十津川は、自分の携帯番号ののった名刺を、渡した。

娘を乗せたタクシーが、帰っていく。

「これから、どうします？」

と、亀井が、きく。

「あとは、平戸警察署に行ってみよう。ここに来る前は、なるべく、警察署に行かないようにしようと思っていた。宗教がらみと思っていたからだが、こうなると、地元の警察に聞かなければならないだろうね」

と、十津川が、いった。

タクシーが、戻ってきた。

「今度は、警察へ行って下さい」

と、十津川が、運転手に、いった。

4

平戸警察署は、新しさと古めかしさが、同居している感じの建物だった。

十津川は、受付で警察手帳を見せ、見てきた二つの集落のことを聞きたいと、告げた。

それに対して、平戸生まれで、平戸育ちという五十代の警部を、紹介された。

税所《さいしょ》という九州らしい名前の刑事だった。

十津川は、今日、訪ねて行った二つの集落の名前を、いった。

「どういう集落ですか？」

と、聞いた。

税所は、微笑した。

「ごく普通の集落ですよ」

という。

「私にはそんな風には見えませんでしたがね。何か特徴があるのでしょう?」

「そうですね。強いていえば、九州でというより、この平戸の中でも、貧しいほうの集落です。だから村人はよく、出かせぎに、行っています」

「昭和二十年八月九日も、長崎に働きに行っていたんですね?」

「ああ、原爆の日ですよね。確かに、あの集落の人たちは、長崎に働きに行っていたと思います。被爆者の数が、九州でも一、二番だった集落ですから」

「当然、胎内被爆の子も多かった?」

「そういう人もいたと思います」

「渡口晋太郎さんというのは、胎内被爆で生まれたんじゃありませんか?」

「いえ、そのような話は、耳にしたことはありませんね。たしか渡口さんは、戦後少し経ってからの、生まれだと思いますが」

税所が首を傾げた。

十津川は、あっと気づいた。渡口晋太郎の年齢は、六十九歳だった。生まれたのは、終戦後、三、四年ほど経ってからのことである。胎内被爆児であるはずがない。

「そうでした。渡口さんは、もう少し遅い、お生まれでしたね」

自分の思いこみに、十津川は、苦笑するしかなかった。

「胎内被爆児でなかったとしても、被爆二世の可能性はありますがね」

税所警部が、付け加えてくれた。

「実は、われわれは、東京で起きた事件の捜査中で、この平戸島の人間が、被害者です。また、その近くの集落の人たちの中に容疑者がいると考えてもいます。そこで、ここには、平戸の歴史、問題の集落にくわしい方がいらっしゃると思うので、ぜひ、協力して頂きたいのです」

と、十津川は、説明した。

すると、税所警部は、いったん席を外して、署長室から署長を連れてきた。

「今、税所警部から、話を聞きました」

と、署長は、十津川に向かって、いった。

「あの二つの集落については、よく知っています。その歴史も知っていますし、集落の人々のこともです。彼等は、絶対に人を殺すことはありません。十津川さんが、捜査されるのはもちろん、ご自由ですが、私たちが協力を頼まれても、あの集落の人たちは、犯人ではあり得ないとしか、言えないのです」

「ちょっと待って下さい」

「絶対に人を殺さないと断定するのは、おかしいんじゃありませんか。どんな聖人君子だって、激しい怒りから、人を殺すことだってあり得るでしょう。それをですね
──」

と、亀井が、手を振った。

亀井が言いつのるのを、十津川は、手で制した。

「わかりました。署長が言われることも、ごもっともなので、いったん帰京し、よく考えてから、必要があると考えたら、再度、この平戸に来ます。その時は、ぜひ、ご教示をたまわりたい」

「私も、わかって頂けて、ほっとしました」

署長は、微笑する。

不服顔の、亀井を押さえ込んで、平戸警察署を抜け出した。

「警部、どうしたんです？　逃げるんですか？」

亀井が、言いとがめる。

十津川は、外で待っていてくれたタクシーに、亀井を押し込んで、

「平戸口に行って下さい。いや、佐世保まで飛ばして下さい」

と、運転手に、いった。

第四章　キリシタンの村

1

二人を乗せたタクシーは、佐世保に向かって走っていた。その途中で、

「もういい。停めてください」

と、十津川が運転手にいった。

「これからどうしますか?」

と、亀井が、きく。

「一息ついてからもう一度、平戸に戻ろう」

と、十津川が、いった。

そのとき運転手が、

「カクレキリシタンについて、もう少し詳しく、ご説明しましょうか」

と切り出した。

「ちょうど今、ユネスコに、世界文化遺産登録の申請を、しているところです。『長崎と天草地方の潜伏キリシタン関連遺産』といわれるものです。江戸時代と明治初期までは、キリスト教は禁止されていました。それが禁教期と呼ばれる期間です。この時代のキリシタンを、潜伏キリシタンと呼んでいます。その後、キリスト教が公認されたとき、カトリックに復帰した人々を、復活キリシタンと呼びます。一方、カトリックに復帰することなく、それまでの信仰の形を受け継いだ人々を、カクレキリシタンと呼んで、復活キリシタンとは区別しています」

「どのくらいの割合で、別々の道を選んだのでしょうか？」

十津川が聞いた。

「復活キリシタンとカクレキリシタンのほかに、仏教や神道を選んだ人たちも、おられますが、明治の初めには、カクレキリシタンが多かったようです。カトリックに復帰された方々も、最初は、びっくりしたと思いますよ。先祖代々、受け継いできた信仰の形とは、似ても似つかないものだったのではないでしょうか。一からの勉強の、し直しだったに違いありません」

「集落ごとに、復活キリシタンとカクレキリシタンに、分かれたのでしょうか？」

「多くは、そうでしょう。江戸時代から二百五十年近く、密かに守り続けてきた組織というのは、やはり強い絆《きずな》ですから」

「川野三太楼さんの集落は、どちらだったか、わかりますか？　渡口晋太郎さんの集落は、もともとは、カクレキリシタンだったようですね」

「ただ、時代は移り変わっています。ご多分にもれず、高齢化と過疎化が進み、カクレキリシタンの組織は、ほとんど自然消滅しました。あとは、個人的に、信仰を守っていくしかありません」

「復活キリシタンの人たちは？」

「カトリック教会という、ローマ教皇にまでつながる、強固な機構があるじゃないですか。高齢化は仕方ないとして、組織としては、盤石でしょう。ですから、近年では、従来はカクレキリシタンだった方の中にも、カトリックに復帰される方がおられます」

「渡口さんが、カクレキリシタンからカトリックに、復帰した可能性もあるのですね？」

「そのかたがどうされたか、私にはわかりませんが、可能性としては、十分にありえますね」

「たとえば、カクレキリシタンの方が、カトリックに復帰された場合、その集落の中で、ごたごたが起こりますか？」

「明治時代には、あったようです。先祖から伝わる信仰の道具を、どちらの側が受け継ぐかと、取り合いがあったようです。しかし現在は、多少の感情的な行き違いはあったとしても、表だって、もめるようなことは、ないと思いますよ。信教の自由って、いうじゃないですか」

「たしかに、信仰の問題は、難しいですからね」

「お二人が、キリシタンのことを調べたいと思うならそうですね、一カ月ぐらい、平戸に腰をすえて調べないと、本当の姿は、わからないかも知れませんよ」

と、運転手が、いった。

十津川は、肯《うなず》いてから、

「カメさん。どうする？」

と、きいた。

「平戸に来てしまったんです。じっくりと腰を据えて調べてみるのも、面白いかもしれませんよ」

と、亀井は、いった。

2

「それじゃあ、運転手さん、もう一度、平戸に戻ってください」

と、十津川が、いった。

二人を乗せたタクシーは、平戸大橋に向かって走る。走りながら、運転手が、復活キリシタンとカクレキリシタンの違いを、もう一度丁寧に、説明してくれた。

前にも、説明を聞いたのだが、正直なところ、十津川には、よく、わからなかった。何といっても同じキリシタンではないか。ということで、十津川の疑問は、そこで、止まってしまうのである。

やっと、あの集落の入り口に、着いた。

「運転手さんは、ここで、待っていてください。われわれだけで、行ってきます」

運転手を集落の入り口に待たせておいて、二人は歩いて、集落に入っていった。

集落の中を歩きながら、十津川が、小声で、いった。

「タクシーの運転手は、この集落をうらさびしい集落だといっていたが、建物の外観や住民たちが耕している畑などを見ていると、そのようには見えないな」

それに対して、亀井刑事も、歩きながら、答える。

「外観は美しくて、のどかに見えますが、若者たちは都会に出てしまって、それでうらさびしく感じられるのかもしれませんよ。美しい自然があるだけでは、若者を引き止めることはできませんからね」

二人の前に、突然、小さな子供が現われた。着物というのか、野良着というのか、そんな感じのものを着た五、六歳くらいの男の子だった。

男の子が、二人を見て、いう。

「さっき村長さんのところに来ていた、お客さんだろう?」

「そうだよ。もう一度、村長さんに会いたい。君は今、何をしているんだ?」

「お祈り」

と、少年は、短く答えてから、さっとどこかに、消えてしまった。

二人は、村長の家の入り口まで歩き、鐘《かね》を鳴らした。

村長は、十津川たちが、戻ってくるのを予感していたのか、待たされることもなく、すぐ奥に通された。

十津川は、部屋の中を、見回した。どこかが違っている。

最初に二人は、丘の上に広がる村を見た。復活キリシタンの村だと教えられた。その村は、やたらに、明るかった。

しかし、こちらの村は、山の麓《ふもと》に作られているせいか、あの明るさはない。

十津川は、目の前の村長に、どう聞いたらいいのかわからなくて、

「皆さん、昔からここに住んでいらっしゃったのですか？」

「ああ、先祖代々だよ。とは言っても、出稼ぎで、都会で長く暮らす者もいるがね」

と、村長が、いった。

「それで、戦争中に、長崎に出稼ぎに行っていて、八月九日に、被爆してしまったんですね」

「そうだ。あれで、何人もの平戸の人間が死んだんだ」

「あの頃からずっと、出稼ぎ者は多かったんですか？」

「その通りだよ。もうずっとだ。たぶん、これからも、そうだろう。島の宿命かな」

「正確には、いつごろからここに、ご先祖は住んでいらっしゃったんですか？」

と、亀井が、きいた。

「江戸時代から、ずっとここに住んでいる。他のところに、住んだことはない」

「平戸に住んでいらっしゃるんだから、もしかしたら、キリシタンですか？　聞いた

ところでは、この村の人たちは、カクレキリシタンだと教えられました。復活キリシタンとは、違うんだと」

十津川が、いうと、村長は、急に目を光らせて、

「たしかに、私たちは、カクレキリシタンと呼ばれている。カトリックに戻ったキリシタンとは違う。村々で、事情は違うし、一軒の家の中ですら、年寄りと若い者では、キリシタンのとらえ方が、違ってきている。私たちのように、古い習俗や、仏教や神道まで取り込んだ信仰には、ついて行けない、という若者もいる。けれど、ご先祖が、命がけで守ってきたのも事実だし、その重さを引き受けるのは、私たちの義務だと思っている。その意味では、私たちほど純粋な、カクレキリシタンはいないだろうな」

と、村長が、いった。

その時、急に十津川は、立ち上がって、壁際まで歩いていった。そこに、大きく引き伸ばした写真がかかっていた。

「この村の昔の写真ですか？」

と、十津川が、きいた。

白黒の写真である。いわゆる長屋だ。その庭で、子供たちが、遊んでいる。その横では、母親が、何かを干していた。藁《わら》ぶき屋根。そこに写っている人々は、大人も子

供も、裸足《はだし》だった。

今は柿が軒に吊るされていて、それがまるで、柿ののれんのように見えるものだが、写真のほうには、そんなものは、写っていない。

特徴的なのが、灰色の石のかたまりだった。まるで、石の杭《くい》が、かたまっているように見える。よく見れば、写真の右隅にあるのは墓石だった。その墓石が何本も、集まっている。

本来ならば、寺にあるべき墓石である。それが、村の一隅に、置かれているのだ。

(この村は、カクレキリシタンの村だから、寺には、墓石を置けなかったのか？)

そんなことを、思いながら、十津川が、写真を見ていると、

「こちらに来て話がしたい」

と、村長が、呼んだ。

十津川は、戻ってそこに座り、また、村長との話になった。

「世間では、いろいろと、余計なことをいう人がいる。私たちは、昔のままに、現在まで生きてきた。だから、昔のままにキリシタンとして、この平戸で生きてきている」

と、村長が、いった。

「さっき、うかがった時、われわれが、探している渡口晋太郎さんは、この村の人間であることは、間違いないが、今は、追放されていると聞きました。本当ですか？」

「本当だ。私たちは、嘘はいわない」

と、村長が、いった。

「それは、信仰上の問題が、からんでいるのですか？」

亀井が、聞くと、村長は、眉《まゆ》を寄せて、こちらを見た。

「どうも、よそから来た方々は、何でも信仰とからめて、ものごとを解釈しようとされる。何を信仰しようと、この日本では、自由でしょ？　信仰の違いをとがめ立てすると、立派な人権侵害じゃないですか。私たちにとって、今の信仰は、何の変哲もないものです。それを外部の人は、カクレキリシタンといって、特別視しているんです。私たちから言わせれば、カクレキリシタンなんて、ロマンチックな幻想をかきたてる、名称にすぎないんですよ。はっきり言って、キリスト教とは、さほど縁もない、私たち独自の信仰なんです」

村長が、抗議をするように、言った。

十津川は、話題を変えた。

「あの写真の右隅に、たくさんの、墓石が見えますね。私には、どうにも気になって仕方が、ないのです。どうして、この村には、あんなにたくさんのお墓があるんですか？」

「わたしたちが村の中に、先祖代々のお墓を集めて持っているのは、寺には置けないからだ。それに、先祖代々の墓だから、自分たちの村に、置いてあるほうが正しいし、あの墓石の下に眠っているこの村の先祖たちも、喜んでいるに違いないと思っているから、ああやって村の隅にお墓を集めているのだ」

と、村長が、いった。

「しかし、お墓は本来、お寺にあるものでしょう？　どうして、どこかのお寺と契約して、お墓をそのお寺に持っていかないのですか？　皆さんがキリシタンで、仏教徒とは違うからですか？」

と、十津川が、聞いた。

「そういうことは、全く考えなかった。村の人たちは、昔、迫害を避けてここに集まってきた。だから、この村が、いわば、最後の砦《とりで》なのだ」

「しかし、いつかは、皆さんも死んでしまうのではありませんか？　皆さんのお墓はどうするのですか？　お寺には持っていかないのですか？」

「先のことはよくわからないが、おそらく村の隅に作られたあの場所に、私たちのお墓も作られることになるだろう」

話がわけのわからない方向に移っていきそうなので、十津川は、もう一度、話題を変えることにした。

「渡口晋太郎さんは、この村の出身ですよね？　渡口さんは、この村から追放されたということですが、いったいどんなことが、あったんですか？」

と、十津川が、いった。

「この村の習わしに、背《そむ》いたからだよ。だから、追放したんだ。現在、彼が、どこにいるかはわからない。追放した人間のことなど、どうでもいい」

村長は、突き放すような、いい方をした。

「カメさん、この村の子供のことを聞いてみてよ」

十津川は、亀井に、小声でいい、村長に向かって、

「ちょっと失礼します。東京に電話をしたいので」

と、いった。

「電話なら、ここですればいい」

と、村長が、いう。

「ちょっとまずい電話なので」

十津川は、そのまま部屋を出て、家の隅まで歩いていった。亀井刑事が、子供のことを聞いている声が聞こえてくる。

それを、背に受けながら、十津川は、写真にあった村の端のほうに、向かって歩いていった。今もその片隅には、この村の、先祖代々の墓が集められていた。それを一つ一つ見てから、十津川はまた、村長の家に戻っていった。

戻ってきた十津川に向かって、亀井が、小声で、

「この村には子供は二人しかいないそうです。ここも老人ばかりの限界集落ですね」

と、いった。

それに合わせるように、十津川は、村長に向かって、

「たしか、この家にも、娘さんがいましたよね？　娘さんは今、どこに住んでいるんですか？」

と、きいた。

「これは、何かの、取り調べなのかね？」

と、いった。

「そういうことではなくて、娘さんが、どこに住んでいるのか、近くに、住んでいるのか、それとも、この村に、住んでいるのかを聞いただけですよ」

「だから、そんなことは、余計なことだといっているんだ。第一、お二人は、東京の刑事なんだろう？　その東京の刑事が、なぜ、この村を調べているんだ？」

「ですから、現在行方不明になっている渡口晋太郎さんのことを、調べているんです。現在、彼がどこにいるのかを知りたいのですが、村長さんには、それがわかっているんじゃありませんか？」

「だから、あの男は、不都合なことをしたので、村から、追放した。追放した人間について、今、何をしているのかとか、どこにいるのかを知る必要はない」

と、村長が、いった。

「今、村長さんに、ここの子供たちは、どんなキリシタンなのか、何を信じて、どんなものを崇拝しているのかを、聞きました」

と、亀井が、いった。

「私も、それを、知りたいですね。平戸に来てから、カクレキリシタンと、復活キリシタンとは違うんだということを初めて知りました。そして、この村が、カクレキリシタンの村だと聞いて、それは、どんな形のキリシタンなのか、それを、説明していただけるか、あるいは見せていただければ、幸いなのですが」

と、十津川も、いった。

「それなら、ついてきなさい」

　村長が、ゆっくりと立ち上がった。

　十津川たちがいる部屋は、南に面した奥座敷なのだが、ふすまを開けると、更に、次の部屋があった。そこに、大きな丸い銅製の板が置かれていた。その銅板の真ん中に、仏の姿が彫られていた。

「イエス・キリストじゃないんですか？」

　と、亀井が、聞いた。

「これは、大日如来《だいにちにょらい》だ」

　と、村長が、いう。

「大日如来というと、仏様じゃありませんか。それを、拝んでいたのですか？」

「いや、そうじゃない。この仏様を拝んでいたのだ」

「どういうことですか？」

　よく見れば、その仏には顔が描かれていなかった。

「なるほど」

　と、十津川が、いった。

　この仏を拝む人は、その顔の部分に他の人を、思い描いて拝んでいたのだ。それは、イエス・キリストかもしれないし、マリアかもしれない。

この部屋にあるのは、この大きな銅製の板と、板の中に描かれている、大日如来だけだった。

「皆さんは、仏ではない仏を、拝んでいたわけですか。外の人間に対しては、大日如来だといい、自分たちは、この仏の中にイエス・キリストとか、マリアの姿を想像しながら、拝んでいたんですね。だからキリシタンとして、捕まることもなかったというわけなんですね」

十津川が力を込めて話しても、村長は、その言葉に反応しようとはしなかった。ただ静かに、その銅板の仏を、そっとなぜていた。

「これで、お二人は、十分に、満足されたのではないかね。申し訳ないが、少し疲れたので、そろそろ、帰っていただきたい」

と、村長が、いった。

「それでは、最後にもう一度だけうかがいますが、渡口晋太郎さんは、今どこに、いるんですか？　何の連絡もないんですか？」

十津川が、聞いた。

「何度聞かれても、答えは、同じだよ。私たちは、不心得をした渡口を、村から追放した。その後、彼から何の連絡もないし、この村に帰ってくることもない。それでいいんじゃないのかね。渡口自身も、村に帰ってくることを、望んでいるとは、思えないからね」

村長が、疲れたという。これ以上何を聞いても答えてくれることはないだろう。そう思って、十津川は、帰ることにした。

村を出て、待っていたタクシーのところまで来ると、助手席に若い娘が乗っているのに気付いた。この村に来た時に、話を聞いた娘である。

「この娘さんが、長崎駅まで、送ってほしいというので、乗ってもらいました。構わんでしょう？」

と、運転手が、いった。

「もちろん、構わないよ」

十津川は、助手席にいる娘に目をやった。帽子をかぶり、顔を隠すように大きなマスクをしている。十津川と亀井が、話しかけても、返事をしなかった。

3

タクシーは走り出し、平戸大橋を通って長崎駅に向かう。

長崎駅に着くと、娘は黙って助手席から降り、駅の構内に向かって歩いていった。

「あの娘さんは、東京に出て、働くことに決めたそうですよ。あの村には、もう、帰らないだろうといっていました」

と、運転手が、いった。

「たしか、あの娘さんは、渡口さんの娘ですよね?」

と、十津川が、聞いた。

「ええ、そうです」

「その娘さんが、村には、もう、帰ってこないと、いっていたんですか?」

「そういっていましたね」

「彼女が他にいい残したことは、ありませんか?」

と、亀井が、きいた。

「たぶん自分は、二度と、あの村には、帰ってこないだろうから、もう何もいうことはないと、そう、いっていましたね。それから、小さな仏像を大事そうに持っていましたよ。たしか、仏様の中で一番偉い大日如来の仏像です」

「しかし、顔がなかったんじゃありませんか？」

十津川が、きくと、運転手は、エッという顔になって、

「どうして、知っているんですか？」

「あの村の人たちは、顔のない大日如来の仏像に自分たちで、顔の部分に、イエス・キリストを想像したり、マリアを想像して、キリスト教の信者であり続けてきたと、村長さんはいっていましたね。だから、平戸を支配していた藩主たちも、この村の人たちは、仏教を信仰している。大日如来を、毎日拝んでいるとして、弾圧することもなかったんでしょう。あの人たちは毎日、仏像に、イエス・キリストの顔を思い描きながら拝んでいた。それを、百年も二百年も、変わることなく、ずっと続けてきたんだと思いますね」

と、亀井が、いった。

二人は、長崎空港まで、送ってもらった。これ以上、平戸を調べることは、逆に、真実から遠ざかることだと、十津川は感じていた。

空港に行き、羽田までのチケットを買い求めた。出発までには時間があるので、二

人は、出発ロビーの中の、カフェで、コーヒーを飲むことにした。

「村長と話をしている時、警部は、急に、外に出られたでしょう？　何をしに、行かれたのですか？」

と、亀井がきく。

「古い写真の中に、あの村の隅のほうに墓石がたくさん集まっているのを見て、それを確認しにいってきたんだ。たしかに墓石がたくさん集められていたよ」

「何か、気づかれましたか？」

「墓石に、十字架らしいものが、彫ってあったりするのかと思ったんだが、そんな危険なことを、するはずがないよね。誰が目を付けるか、わからないもの。ただ、お寺の中じゃなくて、共同墓地のようなところに、お墓が集められているのが、気になったんだ」

「私の田舎では、珍しいことじゃありませんよ。畑のあぜ道のはずれに、四、五基の墓石が並んでいることも、普通にありましたから」

「平戸では、もっと別の意味があったような、気がするんだが」

十津川は、亀井に、そう言った。

第五章　世界遺産の道

1

十津川は、自分が見てきた墓石を思い出しながら、厳しい目を向けて、亀井にいった。

「村の隅にある墓石だが、村人の数だけあった。きれいに洗われて、何々家の墓と彫られ、新しい花が、たむけられていたことに驚くと同時に、感動したんだ。あの様子だと決められた日に、村人全員が参加して、掃除し、新しい花を供《そな》えているんだと思う。高い花じゃなくて、野の花だろうが、それがかえって心がこもっている感じがした」

「その墓には花が活《い》けてあったんですか？」

「そうだよ。野の花だが新鮮だった。村人全員で墓石を洗い清め花を供えているみたいだ」

「それじゃあ、仏教じゃありませんか」

「ああ、形としては仏教だ」

「しかし、あそこは、カクレキリシタンの村でしょう？」

「タクシーの運転手さんの話に従えば、今はカクレキリシタンだけど、あの墓を建てた頃の、ご先祖たちは、潜伏キリシタンと呼ばれている」

「ややこしいですね。ともかく、キリスト教が渡来したのは、今から四百五十年以上前でしょう。その時、あの村の人は仏教を捨てて、キリスト教に入信したんじゃないんですか」

「入信したから潜伏キリシタンの村だったんだよ」

「それなのに、どうして仏教を捨てず自分たちのお墓を守って花を供えて、先祖の死を悼《いた》んでいるんでしょうか？」

「だからこそ、今はカクレキリシタンじゃないのか」

と、十津川は、いった。

「その辺の事を、もう一度村長さんに話を聞いてみようじゃないか。話してくれればだが」

と、十津川がいった。

十津川は、何としてでもあの村の村長から、渡口晋太郎について話を聞きたかった。タクシーの運転手が、カクレキリシタンと復活キリシタンの違いを説明してくれたが、十津川はそれを正確に理解できているとは言い難かった。そのわからない所が今度の事件の核心ではないか。そんな気がしていたのである。

十津川の、その真剣さが通じたのか、村長はもう一度会ってくれた。

「さきほど、村の片隅にある墓地を拝見して参りました。どの墓石も、綺麗に磨かれていて家名が彫ってありました。それに、きれいな野の花が供えてありました。どの墓にもです。あれは決めた日に、村人全員で、お参りするんですね？」

「そうですよ。ここには三十人の村人が住んでいますが、その中の一人の母親が亡くなった命日には、村人全員で墓参りをします。子供は娘二人です。それが、この村にいる子供の全てで他に子供はいません。ここは、日本の他の大きな町と同じように、いやそれ以上に老人ばかりになってしまいました」

村長は小さく溜息《ためいき》をついた。

「しかし、この村の人たちはおよそ四百年前に、仏教を捨てて、キリスト教を信仰しですか？」

たんじゃないんですか？　その後、四百年間ずっと先祖のお墓を大事に守ってきたん

亀井がいった。

「そうです。この村は四百数十年前、貧しく疫病が流行《はや》ったりして、多くの村人が、死んだそうです。その後、キリスト教が伝わってきたキリスト教にすがろうという事になったんです。その後、キリスト教は弾圧され、禁止されましたから、何とかして役人にキリシタンとはわからないように、信仰しようと考えたんです。お寺のお墓を捨てたりすれば、すぐ役人に仏教を捨てた、キリシタンになったんじゃないかと疑われますからね。だから今まで以上にお墓を大切にし、節句のときには進んでそのお祭りをしました。その一方で、キリスト教への信仰も深くしていったといいます。十字架を捧げ持ったり、聖書のお言葉を唱えたりすれば、キリシタンとわかって弾圧されてしまいます。あなたが、見てきたように代々のお墓は捨てないで、村の片隅に集めて、決めた日に全員で拝み、野の花をずっと供えてきたんです。役人に、私たちは、仏教徒だと、思わせるために、いろいろと苦労してきたのです。だから、いかにも、仏教徒らしい物も、わざと目の前に置いて、拝んできました。さっきあなたがご覧になった、顔の無い大日如来も、その一つです。お役人が来るとなれば、慌てて顔に大日如来の

お姿を描いて、拝みました。他にもそうした物が、幾つもあります」

そういって、村長は、座敷から様々な物を運んで来て、十津川たちに見せてくれた。

「これは？」

まず、十津川は奇妙な陶製の人形を指さした。

「私の先祖が長崎へ行った時、イギリスの船員が、インドで買って来た陶製の人形だと言って見せてくれたそうです」

「お腹《なか》の出っ張った布袋《ほてい》様ですか？」

「そう見えますでしょう？　イギリスの船員は、インドに立ち寄った時、インド人がこれをキリストだといって拝んでいた。それが珍しくて買って来たと、いうんですよ。それで私の先祖が、これならば、役人にもわからないだろう、そう思って以後はずっと我が家に置いて、キリストと信じて、拝み続けてきたといわれています」

と、村長が、説明してくれた。

その他、村長が四百年の間、役人に隠れて村人たちが拝んでいた品物を、十津川たちの前にずらりと並べて見せてくれた。それは、銅像や陶製の人形ばかりではなかった。一見して、何なのかわからない物もあった。

数個の小石だったり、海底から拾った鮑《あわび》だったりする。村長が並べた石は、どう見てもただの石なのだが、村長にいわせれば、それぞれその石が、マリアに見えたり、キリストに見えたりするのだという。

「たぶん、私たちの先祖はこの石を固く握りしめて、苦しい毎日に耐えていたんじゃないかと思います。この石をキリストや、マリアだと思って、自分がその人たちに肌を接していると思い込もうとしていたんでしょう。あまりにも強く握りしめていたため石の色が変色してしまっているし、形も変わってしまっていますが、子供のときからこれがキリスト、これがマリアと教わって、この小さな石を固く握りしめていました」

と、村長が、いう。

漁に出ていて、海底から拾ったという貝のほうは、いくら見つめても、何なのかまるっきりわからなかった。

「この貝を、どうしていたんですか？　何かのしるしですか」

亀井が聞くと、村長はその貝殻を拝むように、捧げ持って十津川に示し、

「よく、この辺りを見て下さい。貝には、様々な小さな傷が、付いているでしょう？　この傷の一つが、よく見ると、十字架に見えるんですよ」

「私には、見えませんが」

「これは十字架だと信じて見ていると、必ず十字架が見えて来ます。小さな十字架ですよ。村人たちが長く持って、拝んでいたので相当欠けてしまって、余程凝視しないと、十字架は、見えません。しかし昔の村人にとっては、これは、十字架以外の何物でもないんです」

奥に飾られた、神棚も見せてくれた。これも何なのか、十津川にも亀井にも、わからなかった。

「神棚に見せかけて、奥にキリストか、聖母マリアが飾ってあるんですか」

亀井がきくと、村長が小さく笑った。陰《かげ》のない笑顔だった。

「そんな事をしたら、役人に、すぐ見つかってしまいますよ。神棚の奥には、そんな物は飾っておきません」

「じゃあ、どこが問題なんですか？」

「注連縄《しめなわ》が張ってあるでしょう？」

「ああ、それはわかりますよ。神社に行くとよくありますからね」

と、亀井がいった。

「こちらの注連縄の一カ所が、少し壊れているでしょう？」

「なるほど、一カ所さされていますね」

「それが、よく見ると、マリアの顔に見えるんです」

「私には、見えませんね」

十津川はつい、笑ってしまった。しかし村長は笑わずに、

「四百年前の人々には、その傷が、マリアの顔に見えたんですよ」

と、強い口調で言い返した。

そうした様々な隠れキリスト、隠れマリア、その他を見せてもらった後、十津川が、

「皆さんが昔から礼拝に行っていた、場所を案内して頂けませんか？」

というと、村長は、こういった。

「私たちの先祖が、キリスト教の信仰に救いを求めたとき、周りには何もありませんでした。キリスト像もマリア像も、無かった。もしそんな物が周りにあれば、たちまち、役人に捕まって処刑されてしまいますからね。とにかく目立たない物の中に、信仰の対象を見つけ、それを礼拝していたんだと思います。それも、役人から咎《とが》められる様な物では、いけなかったんです」

「どんなものが、あったんですか？」

「例えば、近くの山です」

と村長は、いった。

十津川と亀井は、村長の言葉を確認するために、家の外に出てみた。確かに三百メートルほどの高さの裏山があった。何の変哲もない山だった。

「平凡な山ですよ。あの山を拝んでも、何も感じないんじゃありませんかね」

と、亀井がそっけなくいった。十津川は黙って山を見ていたが、

「山そのものじゃないんだ」

といった。

「山を前にして目をつぶっていると、全く違う物が頭の中に浮かんで来るんじゃないのかな。自分たちが失った天主堂の幻とか、磔《はりつけ》になったキリストの姿とか、まだ見たこともない天国の様子とかだ。当時の人たちは今の私たちより、はるかに貧しかったが、逆にその分、想像力が豊かだったんじゃないか。太平洋戦争の時の日本兵の話を聞いたことがあるんだが、連敗続きで、追いつめられていくなか、目を閉じると、家族の姿が必ず浮かんできたというからね。だから、当時の村人たちは、山に向かったとき、山は見えず、自分たちの希望が見えていたんだと思うよ」

と、十津川はいった。

彼等が、山を見ている間に、背広姿の男たち三人が車でやってきて、村長の家に入って行った。

見ていると、三人の男たちは、数分すると出て来て、車で帰って行った。

十津川が家に戻って、男たちが来た理由を聞くと、

「今、役場の人が来ましてね、この平戸島を含め五島列島や天草に残る潜伏キリシタンの歴史が世界遺産に登録されることになったから、明日、偉い先生方が、話を聞きに来る。したがって、粗相のないようにといわれましたよ」

と、村長がいった。

「この平戸島を含む長崎や熊本地方の潜伏キリシタンが登録されることになったというんですか？」

「役場の人がそういっていた」

「おめでとうございます」

十津川がいった。

「けれど、ここには世界遺産に登録される様な物は何もない。先祖代々耕してきた畑と、毎朝拝む山と、それから今、十津川さんたちに見せた信仰の道具があるだけだ。世界遺産になるような立派な物は何もない」

と、村長がいうのだ。

「立派な物があるじゃないですか」

十津川が励ますようにいった。

「何があるのかね」

「四百年も続いた信仰ですよ。弾圧があり、戦争があってそれでも皆さんは信仰を続けてきた訳でしょう。それが立派な世界遺産じゃありませんか」

と、十津川が言った。それでも村長は、

「そうならば、いいが」

といっただけだった。

「明日、学者の人たちがこの村を見に来ると、役場の人がいったんですね」

と、確認するように十津川が聞いた。

「役場の人はそういっていた」

「明日の何時頃、来るんでしょうか」

「午前十一時頃だといっていた」

「わかりました」

と、十津川はいった。長崎と天草周辺の潜伏キリシタンは、何百年もの間、どんな生き方をして、どんな風に信仰を続けてきたのか。それを調べに学者の先生たちが来るのだろう。

十津川は、その様子を見に来たくなった。十津川は、村長には黙って長崎の町に帰り、一泊してもう一度、この平戸に来て様子を見ることに決めた。

2

二人で長崎市内のホテルに入ると、ロビーには、

「祝・世界遺産登録　長崎と天草地方の潜伏キリシタン関連遺産」

という大きな垂れ幕が二本下がっていた。

チェックインして、五階の部屋に入ってからテレビを付けた。

いきなり、十津川たちが今日訪ねた平戸島が、画面いっぱいに映し出された。それを見ていると十津川はなおさら、明日学者たちを迎える村の様子を見に行きたくなった。

とにかく、キリシタンについてはある程度の知識を持つようにはなったが、まだ、しっくりこないところがあったし、あの村の人たちの事もわからなかった。また、どんな形であの村人たちが学者を迎えるのか、世界遺産の登録を迎えるのか、それも知りたかった。

更にもう一つ、渡口晋太郎が今どうしているのかも知りたい。全く知らないと村長はいっているが、それは嘘の様な気がしているのだ。

あの村長は最初はただひたすら、外から来る者を無視するような態度だったが、今日の話し合いで繊細な神経の持ち主とわかった。そんな村長が、追放したという渡口のことを知らないわけがないのである。

その夜、十津川は市内の本屋に行き、キリシタン関係の本を買って、ホテルの部屋で読んだのだが、やはり深く理解する事ができず、そのまま眠ってしまった。

翌朝、十津川と亀井の二人はあのタクシーの運転手に頼んで、村まで行ってもらうことにした。

村が近付くと、昨日と同じように運転手は、

「今日は大変な日だそうなので、ここでお待ちしています」

といって、村まで入ってくれなかった。そこで、十津川と亀井は歩くことになった。まだ早朝である。

村に近付くと、昨日はなかった、白い物が見えた。最初はわからなかったが、近付くと白い幕で村の広場が囲われていた。ただの白い幕である。それが何なのか、十津川にもわからなかった。

紅白の幕であれば、今日来るという学者や、世界遺産関係者を迎えるための幕を張ってあるのだろうとわかるのだが、目の前にあるのは古びたただの白い幕だった。少し、汚れて洗い晒《ざら》しに見える。幕をめくって中に入ると、そこにいたのは和服姿の村人たちだった。二人の若い娘以外は、全て男も女も老人ばかりだった。

村長は、何回も洗い晒した着物に袴《はかま》をはいている。侍の形だと思うのだが、ぱっと見た限りでは農民の様にも見える。彼らは、古びた毛氈《もうせん》の上に正座して、なぜか茶席の用意をしていた。たぶん野点《のだて》のつもりなのだろう。

「これは一体、何ですか？」

十津川が聞くと、村長は、正座したまま、

「まず、お茶を差し上げよう」

と、かしこまった口調で、いった。

「この村の人たちはお茶をやるんですか？」

「一年に一回だけ」

と、村長がいう。

「なぜ、お茶をやるんですか」

「ある時から、この村の人たちはお茶を点《た》てて客を迎えるようになったんです」

村長がいった。武骨な感じで茶を点てている。使われている茶碗も、古びたものだった。たぶん村長がいうように、何百年も前から使われているのだろう。しかし、なぜ人を迎えるのにお茶を点てるのだろうか。それが十津川にはわからないままに、勧められたお茶を頂いた。

村の男も女も、全て年寄りである。七十代にはなっているだろう。それが古びた着物姿で正座して、十津川たちが茶を飲んでいるのを見つめている。若い娘二人だけは目立つが、しかし彼女たちが着ている物も、やはり古びていた。たぶん、年に一回だけ簞笥《たんす》から着物を取り出してきて客を迎えるのだろう。

学者と昨日来た男たちの計五人が役場の車で十時半にやって来た。それに、地元のテレビ局の関係者も到着して、急に賑《にぎ》やかになったが、特にマスコミ関係者は野点の席に驚いて、カメラのシャッターを切り続けている。

そうした様子を、十津川と亀井の二人は少し離れた所から見つめていた。それは奇妙な光景だった。外から来た人たちは全て背広かジャンパー。それに対して、迎える村人は着物だ。

「茶を点てるキリシタンか」

と呟《つぶや》く若い記者もいた。その記者に十津川が聞いてみた。

「点ててもらうのははじめてですか？」

「何か村の大事な日に、白い幕をまわして、お茶を点てる。そういう話を聞いたことがあります。見たのは今日が、初めてです」

「なぜ、一年に一日だけこの村の人たちがお茶を点てるのか、理由を知っていますか？」

「いや、先輩は何かの記念日だろうとは、いっていましたが、何の記念日かはわかりませんでした。それを聞いても、この村の人たちは何も喋《しゃべ》らないからだそうです。一年に一回だけ茶を点てる。しかし、その理由はいわない。そういうことだけ聞かされていましたね」

と、若い記者はいった。地元テレビ局のカメラマンも同じだった。面白がってその様子をカメラに収めているのだが、十津川が聞いても理由は、わからないというばかりだった。

二人の学者は、盛んに、村長や村人と話をしているのだが、村長も村人も、ほとんど喋っていないように見える。そこで、若い二人の娘に、自然にマスコミがマイクを向けていく。しかし十津川が見ていると、二人の娘たちもほとんど喋らないように見えた。

「何か、話して下さいよ」

と、大きな声を出すテレビカメラマンもいた。

（たぶん、あの若い二人の娘も、あまり喋るなといわれているのだろう）

と、十津川は思った。

その内、学者の一人が幕の外に出ていったので、十津川は、幕の内に亀井を残して学者の後を追った。

3

七十代と思われる、小柄な学者である。もちろん、二人の学者ともキリシタン研究の第一人者なのだろうが、その一人が幕の外に出てしまったのが、十津川は気になったのである。

その学者は、外に出ると、村人たちが拝んでいた山に向かって、小さくため息をついていた。十津川が警察手帳を見せると、学者はびっくりした顔で、名刺をくれた。

浅野《あさの》という東京の大学教授だった。

「ここの村人が野点というのか、茶を点てて皆さんを迎えたのは、驚かれましたか？」

と、十津川が聞いた。

「話には聞いていたんですよ。この村の人たちがある日、茶を点てて人々を、迎えた。それから毎年、その日になるとああやって茶を点てるというのは、聞いていたんですが、その様子を、初めて見ました」

「なぜ、この村の人たちは、一年の決まった日に、ああやって茶を点てるんでしょうか」

「理由を知りませんか？」

「ええ、全く知りません。知りたいと思います」

と、十津川はいった。本音だった。

「昔、キリシタンを中心として天草の人たちが徳川幕府に反抗し、立てこもった事がありました」

と、浅野が、いう。

「天草の乱なら知っています」

「その人たちが、どんな人たちなのかはさまざまな説がありますが、リーダーの天草四郎、それに従った侍も、農民も、キリシタンだったという話は一番有力です。戦いに敗れてしまうんですが、脱出して他の島々に、漁船で逃げた人々もたくさんいる。

この平戸にも、この村にも何人かの残党が逃げて来たんだと思いますね。その人たちを助けたらキリシタンとして処刑されてしまいます。そこで、幕を張って村人たちが茶を点てていたところに残党が逃げ込んできた、という形にしようと考えたんですね。今日と、同じような形で村の広場に幕を張り茶を点てた。天草の残党も逃げてくるし、それを追って、幕府の侍たちも、やってくる。それを村人たちは、どちらも同じように迎えたといわれています。追ってきた幕府の侍たちも、一応は、茶の心得がありますから、茶を点てている村人たちを捕まえて処刑する訳にもいかない。それで幕の中だけは、傷ついた天草の残党も、それを追ってきた幕府の侍たちも同じように、村人たちに、お茶で迎えられたというのです」

「とすると、幕の中は本当のお茶ではなくて、自分たちを役人から守る擬態ですか？」

「それと、傷ついた天草の残党を迎える儀式でもあったでしょう。しかし、彼らを匿《かくま》う訳にもいかない。手当する訳にもいかないからお茶で迎えた。やたらにお茶の作法がぎこちなく、時には間違っている。それでも、その日は毎年、ああやってお茶を点てているんじゃありませんかね」

「それは役人たちを騙《だま》す手段として？」

「そうでしょうね。そして先祖が天草の残党を迎えたときのことを思いながらお茶を点てるのです」

と、浅野教授がいう。

「ところで、警視庁の刑事さんが何を調べにここに来ておられるんですか？」

と、今度は教授がきいた。

「これは、今回の潜伏キリシタンの話とは関係がないんですが」

と断って、問題の事件を簡単に説明した。

「それを聞いて、ほっとしましたよ。この村の中で殺人が起きているわけじゃないんですね」

と、いって、教授が微笑した。

この村の中で殺人が起きていたら、潜伏キリシタンの世界遺産の話は辞退することになるかもしれないと、思ったのだろう。

十津川も、教授の笑顔を見てつられて笑った。

「それで、ここの村長さんは、渡口晋太郎という村人を、追放したといっているんですが、私にはとてもそうは、思えません。それなら、隣村の川野三太楼が、渡口晋太郎さんを追いかけて、日本中捜しまわるはずはありませんからね。何かあって、伝えたい事があるのか、何か詫《わ》びたいことがあるのか、そのどちらかだと、思っているんです」

「警部さんは、どう思っているんですか？」

「私の想像にすぎませんが」

と、断ってから、十津川は話し始めた。

「川野三太楼さんと渡口晋太郎さんとの間で、何らかの軋轢《あつれき》があった。これは間違いありません。ただ、加害者と被害者の関係については、周辺の方々の話では、相反する見方もあります。私は、川野さんが加害者、渡口さんが被害者ではなかったかと、考えています。というのも、先に渡口さんが出奔《しゅっぽん》して、それを追うようにして川野さんが失踪した。川野さんの各地での足跡をたどると、川野さんの言動には、真摯《しんし》な必死さが感じられました。どうしても、渡口さんを捜し出したいという、願いのようなものです。仇《かたき》を追う執念ではなかった。ですから、川野さんが渡口さんに、何らかの謝罪をしようとしたのではないかと、考えています」

十津川がそこまで述べると、教授が聞いてきた。

「諍《いさか》いの原因は、何だったのでしょうか？」

「たぶん、信仰上の問題だったのではないかと」

「というと……？」

「もともと、川野さんも渡口さんも、カクレキリシタンといわれる村の、信仰者でした。ところが川野さんは、あるときを境に、カトリックに復帰しています。各地のカトリック教会に宿泊できたのも、川野さんが、カトリックの信徒だったからです。カクレキリシタンからカトリックへの、いわば改宗には、自己への問いかけや、深い思索、それに強い決意が求められます。川野さんは、それを成し遂げた。そこまではよかったのです。川野さん個人の心の問題にとどまっていればね。ところが、正義感というか、使命感というか、土俗性をたぶんにはらんだ、渡口さんたちの信仰に、我慢がならなかった。攻撃し、論破し、渡口さんの心に、深い傷を負わせた。そんなふうに、私は推測しています」

「なぜ、それほどまでに、川野さんは、渡口さんを責めたのでしょうか？」

「二人には、共通点があったのです」

「どのような？」

「川野さんは、胎内被爆児です。渡口さんは、胎内被爆児ではありませんが、被爆二世だったと思われます。二人はともに、原爆の影響を受けていました。人間に対する原爆投下という、とてつもない人類の罪に、キリシタンとして、どのように向き合うのか。その向き合い方に、二人の間には、決定的な違いがあったのではないか」

「川野さんは、その違いを責めたのですか？」

「もちろん、原爆との向き合い方だけではなかったでしょう。二人はともに、潜伏キリシタンの子孫で、かつては同じカクレキリシタンでもあった。年齢も近い。境遇が似ているのです。それだけに、川野さんの攻撃は、激しかったのではないでしょうか」

「近親憎悪のようなものですか？」

「そうとも言えますね。私の想像にすぎませんが」

「今回、潜伏キリシタン関連の場所が世界遺産として登録されますが、もしどこかにいるその渡口さんという人が、それを知ればこの村に戻ってくるかもしれませんよ」

教授がいい、続けて、

「そうしたら、どうされますか？」

「そうですね。幸い、村で殺人が起きている訳ではありませんから、今は、話を聞くだけにしようと考えています」

と、十津川は、いった。

「それでは、お茶の席に戻ります。もう一度お茶を頂きたいから」

といって、浅野教授は幕の中に入っていった。

4

十津川と亀井はそれを機会にひとまず東京に戻ることにした。

三上本部長に事情を報告すると、三上は珍しく機嫌が良かった。

「この写真を見ろ」

と笑いながらいう。新聞の写真を見ると、そこに写っていたのは、あの奇妙なお茶の席の写真だった。

「この中に、君たち二人も写っているぞ。神妙な顔をしてお茶を頂いているじゃないか」

それが三上の、ご機嫌な理由だった。

新聞もテレビも、世界遺産の登録決定のニュースを流し、特にあの村のことを「茶を点てる潜伏キリシタン」という見出しで大きく報道している。浅野教授の話も載っていた。

行方のわからない渡口晋太郎も、この記事あるいはテレビ報道を見ているだろうか。もし見ていて、あの村に、戻って来たら、話を聞かなければならない。

「どうしたらいいかな？」

十津川は、亀井に聞いて、

「村長に頼んでも、肝心のことは教えてくれそうにない」

といった。

「そうですね。あの村長、我々警察には知らせてくれないでしょうね」

「それで考えているんだが」

と、十津川は、一瞬黙ってから、

「例のタクシーの運転手に、頼んだらどうだろう。彼ならわれわれに、渡口晋太郎の帰還を教えてくれそうな気がするんだが」

「そうですね。あの男なら、知らせてくれると思います」

と、亀井はいってから、

「あの運転手は、一体何者なんですかね。今になって何者なのか、考えてしまう事があるんですよ。妙にキリシタンについて知っているし、妙に節度を重んじたりしていましたからね」

「私も、それが気になって仕方がないんだ。ひょっとすると」

「あの村人の一人とは思えません。村人の年代とは、違いますから」

「そうだな。あの村に若い娘がいるが、それと似たような年代だ」

結局、想像してもわからなかった。ただ、十津川は、彼から名刺を貰っていて、

「また平戸に来る時があったら、私のタクシーを利用して下さい」

といわれていたので、彼に電話して、

「村の様子はどうですか？」

と聞いた。

「マスコミや観光客が、世界遺産になった後やたらにあの村に入って来て、賑やかですよ」

「村人の反応はどうですか？」

「今までと全く変わりませんね。とにかく仕事がありますからね。小さな段々畑を耕したり、牛を追ったりしていますよ。今までと同じです」

「渡口晋太郎さんが村に戻って来た様子はありますか？」

「全くありませんね」

「それでは、彼が村に戻って来た様子があったら、是非、知らせて下さい」

「ええ、それは、引き受けます」

と、運転手は、いってくれた。

電話は切れたが、十津川が相手にいわなかったことが一つだけあった。あのタクシーの運転手は信頼ができるのだが、事が事である。それに、世界遺産の登録が評判になっている。そんな最中、あの村に渡口晋太郎が帰って来ても、果たしてあの運転手が十津川に知らせてくれるかどうかわからない、という不安があったので、黙って、若い刑事二人を平戸に送り出すことにしたのである。高橋《たかはし》刑事と、女性の西野《にしの》刑事だった。

二人は観光客ということにして、それらしい格好をさせ、カメラを持って、平戸に向かわせた。

二人は観光客らしいルートで、平戸に入っていった。地元の観光会社が、平戸巡りのバスを出している。二人はそれに乗った。三十人を超す観光客。満員だった。とにかく世界遺産に登録されたということで、長崎から平戸、そして天草を巡る観光バスは連日満員だという。

どの観光客も若い。ガイドに向かって潜伏キリシタンとは何ですかとか、カクレキリシタンとは違うんですかとか、質問攻めにしている。ガイドのほうもたぶん、会社から教えられた通りの答えをしていた。

問題の村で観光バスは一時停車した。ただ、別のところに宿泊することになっているので、村にいられるのは三時間だった。

観光客たちは一斉にカメラを持って、村の中に入っていく。村長も、村人も、ほとんど出て来ない。出て来るのは、若い二人の娘である。観光客のほうも別に、学問的な関心がある訳ではないので、着物姿で迎える娘二人と一緒に写真を撮って、それで、結構満足していた。

二人の刑事も観光客らしく、娘二人と写真を撮ったが、そのあと、彼らは、カメラを隠し、黙って村の中を歩いた。ただ、小さな録音機器だけはスイッチを入れて、ポケットの中で、録音していた。

村人と行き合っても、やたらに声を掛けないようにと、十津川に、注意されていた。村人を驚かせず、ただ自分の目で村の様子を見て来いとだけ、いわれていた。

村の片隅にある墓地に行っても、二人はその墓地をカメラでは撮らなかった。観光客はなぜか、ここまでは来ない。たぶん、墓地の姿などはキリシタンとは関係ないから、写真を撮っても仕方がないと思っているのだろう。村人たちの姿も、この墓地には無かった。

それでも二人の刑事が、その墓地の墓の一つ一つに書かれた「○○家の墓」という文字を見ていると、初老の男が一人、花束を抱えて墓地に入ってくるのが見えた。二人の刑事は、その男に行き合ってもカメラを向けることはしなかった。刺激してはいけないと、十津川からいわれていたからである。

痩《や》せた初老の男は花束を持って、ある墓石の前まで真っ直ぐ進み、花をたむけてじっと、頭を下げていた。

高橋刑事がそこに渡口家という文字を読んで、西野刑事の背中をつついた。西野刑事の方も、既にそれに気付いていた。二人は、まず墓地の外に出て、十津川に報告した。

「今、村の墓地にいるんですが、初老の男が花束を持って、一つの墓で黙って、頭を下げています。その墓石には、渡口家の文字が見えるので、われわれが捜している、渡口晋太郎かも知れません」

と、高橋刑事が、十津川にいった。

「すぐには、声をかけるな。黙って見守るんだ。渡口晋太郎と確認できたら、もう一度私に知らせてくれ」

十津川は、あくまで、慎重だった。

「身柄の確保は、必要ありませんか？」

「今の時点で、渡口晋太郎には、何の容疑もかかっていないんだ。何故、村を離れたか、何故、川野三太楼が、彼を捜し回ったのか、その二つの疑問があるだけで、いずれも本来、捜査一課の担当する事件ではない」

「わかっています」

「従って、われわれが身柄を確保しようとしても、拒否されれば、黙って引き下がらなければならないのだ」

「渡口晋太郎と確認された時は、どうしたらいいですか？」

と、西野刑事が、聞く。

「とにかく、確認された時点で、私に知らせること。徹底的に尾行して、見失わないこと、何のために村に帰ってきたかを調べること、この三点を実行しろ」

「わかりました」

「そうだ。もう一つ、潜伏キリシタンは、世界遺産に登録された。その名誉を傷つけるまねだけは、絶対にするな」

と、最後に、十津川は、いった。

二人の若い刑事は、もう一度、初老の男に目をやった。

男は、長いこと、墓の前にしゃがみ込んでいる。何かを報告している感じだ。

二人の刑事は、示し合わせてわざと、カメラを取り出し、立ち上がった男に、声をかけた。

「この墓地を、写真に撮っても、構いませんか？」

男は、じっと二人を見て、

「ここは、村の中でも、プライベートな部分ですから、写真は、遠慮して下さればありがたい」

と、いった。

「わかりました。写真は止《や》めます。すぐ、ここを出よう」

高橋は、観光客らしい口調でいい、西野を促して、墓地を出た。

男も、やっと、出てくる。高橋は、その男に向かって、

「失礼ですが、この村の方ですか？」

と、聞いた。

「そうだが、何か？」

と、男が、聞き返してくる。

更に、高橋が、質問しようとするのを、西野が、あわてて止めた。

「ごめんなさい。世界遺産になって、いろいろと、お忙しいんでしょう。私たちも、向うへ行きましょう」

彼女は、高橋を強引に引っ張って、地元のテレビ中継車の方に、連れて行った。

こちらの区域には、観光客があふれていた。

「名前を聞こうと思っていただけだよ」

と、高橋が、いった。

「それは、警部から禁止されていたでしょう」

「わかっていたが、何とかして名前を確認したかったんだ。おれたちは、ここに、渡口晋太郎を、捜しに来てるんだからな」

「それが、いけないの」

と、西野刑事が、いった。

そうしている間に、問題の男の姿は、消えてしまった。

二人は、目だたないように、観光客の中に、入っていった。

自然に、十津川への報告も、無くなっていった。

そのことが、十津川を不安にした。

十津川は、亀井と、テレビの画面を、見続けていた。

二つのテレビ局が、天草地方の特集をやっている。

その片方は、平戸島の風景を、画面に映している。十津川が、再三訪ねたあの村の姿も、ちらりとだが、画面に出た。

傍で、一緒に見ていた亀井刑事が、

「世界遺産で、観光客が押しかけて、大変みたいですね」

と、いった。

「私としては、あの村に渡口晋太郎が、帰って来るかどうかを、知りたいんだが」

「若い二人が、村の墓地で会った男が、渡口晋太郎らしいと思いますが」

「私も同感だが、今のところ、何の容疑もないから、強引に身柄確保は、出来ないんだ」

「その後、若い二人から、何か報告はありましたか？」

「何の連絡も、ない。下手に声をかけて、逃げられたか、別人だったかだと思っているんだがね」

と、十津川が、いったとき、亀井が、

「テレビ！」

と叫んだ。

テレビ画面が、あの村を、映し出したのだ。これが二回目だが、今度は、あの教授の説明が入っているので、村を映し出す時間は、長くなりそうである。

あの村長と、教授の対談が始まった。場所は村長の家の中だった。

十津川が見せて貰った信仰の道具が並び、その説明で、教授と村長の対談が、続いていく。

「あッ」

と、亀井が、小さく叫ぶ。

同時に、十津川も、気付いていた。

村長の傍に、初老の男が近寄って、小石のようなものを渡している。

村長が「ご苦労さん」というように、受け取って、男の肩を叩いている。

それきり、男の姿が、画面から消え、村長と教授の対話だけを、テレビカメラが、捕えていく。

「今の男、渡口晋太郎ですよ」

と、亀井が、声を大きくした。

「私も、そう思う」

「すぐ、若い二人に、電話しましょう」

「それは、必要ない」

「どうしてですか？」

「身柄を押さえる理由がないんだ。下手に声をかければ、逃げられてしまう」

「じゃあ、どうするんですか？」

「今のテレビで、村長が、渡口晋太郎が村に帰ったことを知っていたことになる。それに渡口が、村を離れた理由も、帰った理由も、知っていると、私は、確信した。だから、渡口晋太郎に逃げられても、村長に聞けばいいと、わかった」

「それでは、これから、どうしますか？」

「カメさんには、ご苦労だが、私と一緒にもう一度、平戸に行って貰うよ」

と、十津川は、いった。

第六章　約束

1

これで、何回目の平戸行きだろうか。

十津川警部と亀井刑事は飛行機で長崎まで行き、そこから平戸に入るいつものコースを取ったのだが、その飛行機の中で、突然客室乗務員が号外を配り始めた。何か社会的な事件が起きたのかと思って見ると、そこにあったのは、

「平戸で世界遺産騒ぎ？　問題の村が世界遺産から外された」

その大きな見出しに十津川は呆然《ぼうぜん》とした。その上、号外のため、なぜあの村が世界遺産から外されたのか、その理由は詳しく書かれていなかった。

先日訪ねた時は、世界遺産に登録されるという事で、マスコミが、大勢あの村に集

まっていたのである。あの村自体も何となく、明るい感じだったのだ。それがなぜ、突然世界遺産の候補から外されたのか。

長崎空港に着く。そこにはいつもの、タクシー運転手が待っていてくれた。彼の第一声も、

「あの村、世界遺産から外されたんですよ。わけがわかりません」

だった。

「なぜ、そんなことになったんですか？」

と、十津川が聞いた。

「それがよくわからないんです」

「世界遺産を決めるのは、確かユネスコでしたよね」

亀井がいった。

「そうですが、キリスト教関係の場合は教会が発言力を持っています。その教会が、今回、あの村の世界遺産登録に反対したようです」

と、運転手がいう。

「だから、どうして突然反対になったのか、それが知りたいんですよ」

どうしても、同じ質問の繰り返しになってくる。

「私も、よくわからないんですが、教会が考える祈りの形と、あの村のそれが大きく違っているので、これでは世界遺産に登録できないと考えたんじゃないかと思います」

「そんなこと前からわかっていたはずだ」

と、十津川が、いった。

村に着いた。前に来たときには、世界遺産に登録されるというので、マスコミが集まり、観光客で溢《あふ》れていた。それが、今日はひっそりと静かである。マスコミの姿も無いし、観光客も二、三人しかいない。ただ、あのとき色々と話を聞いた、大学教授の姿があった。あの時、村には東京の大学教授が二人来ていて、その一人、浅野という教授と十津川は話を交わした。その浅野教授の姿を見つけたのである。

十津川のほうから声を掛けた。浅野も、こちらの顔を覚えていて、

「十津川さんも、世界遺産登録解除と知って来られたんですか？」

と、聞く。

「いや、ここへ来る途中、号外で知りました。どうして、候補から外されたのかが知りたい。先生はいろいろとご存じでしょうから、教えて頂けませんか」

と、十津川がいった。

「正直に言えば、私にも本当の理由はわからないんですよ。ただ、日本のキリシタンの歴史は、世界的に見れば特殊ですからね。特に、潜伏キリシタンの歴史は教会から見れば、異様に映る可能性もあります。それが教会の偉い人たちに影響を与えて、潜伏キリシタンは真のキリシタンには見えない、という声があがったんじゃないかと思うんですよ」

「しかし、この村のどこが、異様なんですかね？」

「まず仏教のしきたりを、延々と守っている。それから自分たちの教会を造らないし、他の教会にも行かない。そんなことじゃないかと思うんです」

「しかし、私の目から見れば、この村の人たちは世界の誰よりも信仰心が強くて、心から祈りを捧げているように見えます」

十津川は、そういったあと、

「ああ、それから、しばらく行方不明になっていて、帰って来た村の人がいたでしょ？」

「渡口晋太郎さんですか？」

「そうです。渡口晋太郎さんです。この人のことも教会関係者は問題にしていますか？」

「よくわかりましたね」

「どんな風に問題にしているんですか？」

「実は、世界遺産の話が出るよりずいぶん昔の問題なんですよ。その頃、渡口晋太郎さんはこの村に住んでいた。近くに復活キリシタンの村があるんですが、そこの川野三太楼という人と問題を起こしましてね」

十津川は、内心あれっと思った。正直に言えば、東京で死んだ川野三太楼と、彼が日本中を捜し歩いていた渡口晋太郎との間に、何があったのか、十津川はそれを調べていたわけである。突然、浅野教授の口から出たので、びっくりしてしまったのだ。

しかも、世界遺産と関係があるという。

「その件について、ゆっくり教えていただけませんか」

と、十津川は、膝をのり出していた。

村の中でそういう話は、できないので、十津川と浅野は村から離れた丘の上まで歩いて行き、草の上に腰を下ろして、ゆっくりと話すことにした。まず、十津川が口を開いた。

東京の小さな教会の前で、小さな老人が死んでいた。それが、事の始まりだった。どこから来たのかもわからないし、なぜ、そこで倒れていたのかもわからなかった。

それに毒殺の疑いもあった。

　そこでこの老人がどこから来たのか、なぜ教会の前で倒れていたのかを調べていった。老人は平戸の出身で名前は川野三太楼、誰かを捜して延々と、日本中を歩いて来た、という。道中、各地の教会を訪ねていた。そして、潜伏キリシタンの子孫であること、長崎で母親が、原爆の被害を受けていて、川野は胎内被爆していることがわかった。

　川野の生まれ育った平戸には、近くにカクレキリシタン、つまりこの村の人間がいて、村人の一人渡口晋太郎と何かがあった。そのため渡口晋太郎は村を出奔《しゅっぽん》して、行方《ゆくえ》が、わからなくなってしまった。そのことを悔やんだ、川野三太楼は、渡口晋太郎を捜して日本中を歩いたのではないだろうか。渡口晋太郎も、違う形だがキリシタンである。だから日本中の教会を、川野三太楼は訪ねて歩き、とうとう東京まで来て、東京郊外の小さな教会の前で亡くなった。

「これが彼ら二人についていて今わかっていることです」

「今回、その二人の関係が教会関係者の間で問題になったらしいんですよ」

　浅野がいうのである。

「どうにもわかりませんが、どうして問題になったんでしょうか」

「あくまでも、これは私が聞いた話なんですが」

と、浅野は断ってから、

「戦後になって、キリシタンは完全に自由になった。川野三太楼さんと彼が住んでいる村の人たちも、自由に大っぴらにキリシタンであることを名乗れたし、自分たちの天主堂を建て、毎日礼拝する喜びに浸ることができた。川野三太楼は、平戸で生まれ育ったが、平戸におけるキリシタンの歴史について関心があったので、時間があれば平戸をまわってキリシタンの歴史を調べていた。そんな時に、この村に来て、渡口晋太郎さんと会ったんですよ。少し形は違いますが同じキリスト教です。そのうえ母親が長崎で原爆の被害を受けていて、胎内被爆児と被爆二世ということもありました。とシンパシーを感じた川野三太楼さんが先に渡口晋太郎さんと仲良くなろうとした。ところが、自分たちと全く違う生活を、渡口さんの村の人たちは送っていた。一番川野さんが批判的だったのは、この村の人たちが自分たちの天主堂を持たず、礼拝も行わず、そのうえ江戸時代からの仏教的な生活を変えようともしていないことだった。そこで、論争になったんですね。しかし、渡口晋太郎は頑《かたく》なに、自分たちの仏教的な生活を変えようともしない。腹を立てた川野三太楼さんは、キリシタン関係の雑誌に、この村の事を、特に自分と論争した渡口晋太郎さんの事を、批判的に、書いたんですよ。それを知って、渡口晋太郎さんは、川野三太楼さんを呼び出して殴りつけ、負傷させました。三太楼さんは右足を骨折して入院しました。その後警察が、この事件を調べようとした。そこで渡口晋太郎さんは、村人たちに迷惑を掛けてはいけないと、突然姿を消してしまったんです」

「そんなことがあったんですか」

と亀井がいった。

浅野がつづける。

「入院した川野三太楼さんの方は、その後、自分たちとは違うカクレキリシタンについて、勉強し、自分の批判が間違っている事に気が付いたんですね。しかし、謝ろうとしたが、その相手は、自分を殴った事で、行方をくらませてしまった。川野さんは元々優しい人だから、この事が気になって仕方がなかった。もしかすると、渡口さんは、自殺してしまうのではないのか。この時、川野さんの頭にあったのは、細川ガラシャの話ではなかったかと思います。細川ガラシャは、戦国時代、細川忠興《ただおき》の妻でしたが、イエズス会で洗礼を受け、キリシタンになっていました。夫の留守に城が石田《いしだ》三成《みつなり》によって包囲された。人質になれば、夫を苦しめることになる。しかし、キリシタンとしては、自殺は許されない。そこで、家老に自分を斬らせて、三十七歳で亡くなった女性です。失踪した渡口晋太郎さんも、村人に迷惑をかけてはいけないと、細川ガラシャ的な死を考えるのではないか。川野三太楼さんも、それを心配していたと、推測されるのですよ」

「同感です。だから川野三太楼さんは何としてでも渡口晋太郎さんを見つけ出して、詫《わ》びて仲直りしたい。そう考えて、日本中を歩き回ったと思うのです。この村の村長さんにも詫びようとして、無理して背広を買い、正装して行ったと言われています。しかし、和解は、上手くいかなかった。仕方なく、日本中を渡口晋太郎さんを捜し歩いたと私は、考えたのです」

と、十津川はいった。

「その推理は当たっていると思いますよ」

「しかしなぜ川野三太楼さんと渡口晋太郎さんの二人が世界遺産の候補を外される理由になったんですか？　そこがどうにも解せませんが」

と、十津川がいった。

「かなり前、正確に言えば二十年近く前に、川野三太楼さんが雑誌に書いた物が、カトリックの人たちの目に留まってしまったんですよ。川野さんがかつてこの村の信仰形態、あるいは生活態度を批判した例の記事です。それを読んでカトリック教会の人たちは、こんな風習のある村を世界遺産に登録する事は出来ないと言い出した。どうやらそれが、真相の様です。戦後日本でキリスト教の信仰が復活したのに天主堂を作ろうとしない。また仏教的な行事を変えようともしない。こうしたこの村の信仰の形が、世界のカトリックの人たちには奇異に映ったのかもしれません」

浅野教授はそういったあと、ポケットから二十年前に川野三太楼が雑誌に書いた、この村に対する批判文の写しを、見せてくれた。

確かに、それは激しいものだった。

〈なぜ、この村の人たち、渡口晋太郎さんたちは戦後、信教の自由が完全に取り戻せたのに、キリスト教信者の祈りや生活を取り戻そうとしないのか。また、他のキリシタンの村人たちが失われた天主堂を新しく建て、或いは改修しているのに、この村の人たちは、なぜ自分たちの教会を建てようとしなかったのか。彼らがしているのは、ただ毎日山を拝むことだけである。さらに言えば、仏教的な作法や生活も一向に変えようとしない。弾圧の時代でもないのにである。これでは決してキリスト教信者とは言えない。間違っている。私は一刻も早く、この村の人たちが真のキリスト教信者に戻ることを祈っている〉

一応、日本的なもって回ったような書き方をしているが、これが外国語に翻訳されれば、もっと攻撃的で危険な文章に変わってしまうだろう。

話が一区切りすると、浅野教授は疲れた表情になって、

「私は、毎週のようにここへ来て、訪ねて来る人たちに、この村の人たちの行動や生活は、決して、間違ってはいない、形はキリスト教的ではなくなっているかもしれないが、祈りの本質は一般の信者よりも遥かに神に近い。そう言って説得するんです。しかし、誰もが天主堂を作らないとか他の天主堂に礼拝に行かないとか、仏教的な生活を改めようとしないとか批判し、これでは、世界遺産の指定から外されても仕方ないというんですよ。毎日否定的な人たちを説得するのに疲れましてね。どうですか、町に帰って気分を変えませんか」

浅野教授の方から提案がされた。十津川もそれに賛成した。

2

亀井を加えた三人は、タクシーで平戸の町に戻り、カフェに入った。コーヒーを飲

み、軽い食事をする。その後で浅野教授がもう一度、十津川に話してくれた。

「問題の二人の内の一人、復活キリシタンの川野三太楼さんは死んでしまい、カクレキリシタンの渡口晋太郎さんは村に帰って来ましたが、世界遺産登録の調査で来日した教会関係者の人たちと喧嘩《けんか》をしてしまいましてね。また村を出て行ってしまったんですよ。そうしたことも、教会関係者の人たちには悪印象を与えているんじゃないかと、心配しています」

「どうしたらいいと思いますか？」

十津川が聞いた。

「問題は、この川野三太楼さんが書いた寄稿文だと思います。今、川野さんがここに現れて、この時の事情を正直に話してもらえれば平戸、五島列島のキリシタンの歴史について調べに来ている人たちも、納得するんじゃないでしょうか」

と、浅野教授がいった。

「しかし、川野三太楼さんは既に死亡しています。それに、渡口晋太郎さんもまた失踪してしまった。こうなると、日本のキリシタンの歴史について誤解を与えたままになるんじゃないですか」

「その通りです。私たちも、困っているんですよ」

浅野教授がいう。

「それでは、絶望的ですか」

亀井が聞いた。

「いや、まだ絶望というわけではありません。日本のキリスト教の歴史は、他の世界に比べて特異なものだということをわかっている人もいますから。そこに救いがあると、私は信じているんです」

「渡口晋太郎さんは、どうして村に戻って来ないんでしょうか」

十津川が聞く。

「見つける努力をしていますよ。警察に捜索願も出しています。それに長い放浪の後、せっかく村に、帰って来たんです。彼のほうから再び村に帰って来ることも、私は、期待しているんです」

と、浅野教授がいった。

浅野教授の携帯が鳴った。それに出た浅野教授は、一言二言喋《しゃべ》った後、笑顔になって、

「そうですか。渡口晋太郎さんが見つかったんですか」

と、言っている。十津川も自然に笑顔になって浅野の次の言葉を待った。浅野は携

帯をしまうと、

「広島の教会で、見つかったようです。かなり弱っていて、その教会の前で、倒れてしまったという事です」

「なぜ、広島の教会に、行ったんでしょうか？」

亀井が聞いた。

「渡口晋太郎さんは被爆二世です。母親が長崎で働いていて、原爆の被害を受けていますからね。そんな事もあって、渡口さんも同じ原爆の被害を受けている広島の教会に立ち寄ったんじゃないでしょうか」

と、浅野が言った。少し間を置いて、渡口晋太郎が治療を受けている病院に電話を掛けると、

「今、手当てをした内科の先生にいわれました。明日まで入院して手当てを受ければ、歩けるようになるし、九州に帰ることもできるだろうと教えて貰いました」

「私は一度、渡口晋太郎さんに会いたいですね」

と、十津川がいった。自然に笑いがこぼれていた。

十津川、亀井、そして、浅野教授の三人は、先に平戸の村に戻って渡口晋太郎が村に帰ってくるのを待つ事にした。

3

翌日の午後、渡口晋太郎がタクシーで村に帰って来た。少し瘦《や》せて見えた。問題の広島では疲れ切って、教会の入口で神父の話を聞いている内に倒れてしまったのだという。村に帰って来ても、すぐ外出して、落ち着かなかった。その後に、東京から、男が一人やって来た。先日、ここで、野点《のだて》をやった時、浅野教授と一緒にいた学者である。名前は、近藤《こんどう》。世界遺産から外されたニュースを聞いて、矢も楯もたまらず飛んで来たのだという。

近藤教授は、ユネスコから来ている世界遺産の関係者にも会って話をしたといった。

「その時、見せられたのがこれなんですよ」

と言って、英文の手紙をテーブルに置いた。

「これは、二十年前に、潜伏キリシタンの川野三太楼さんが雑誌に寄稿した文章です。それを英文に翻訳したものを教会関係の人が手に入れて、ユネスコに提出したと言われているんです。参りました。この英文がこの村を世界遺産に登録するかどうかの参考の一つになっているんです。しかも重要な要素なんです」

と、近藤教授がいった。

「それはあくまでも、川野さんが、怒りに任せて書いた物です。本当の気持ちは全く違うはずだと関係者に説明したいんですがね」

浅野がいうと、近藤は、

「その辺の微妙なところはどうしてもわかってもらえませんね」

と、いった。

この日の夕方、村長が十津川や二人の教授のために、例の野点をやってくれた。村長宅の芝生の庭に、簡単な白い幕を張っただけの、野点である。

その席で村長がいった。

「この村が世界遺産に登録されるとか、されないとか、やかましいですが、私はだからといってこの村のしきたりや、村人たちの生き方、信仰などを変えようとは思っていません。今まで通りやっていくつもりですよ。それに対して教会関係者からどんな判断を下されようと構わない」

それを聞いて十津川は、近藤と浅野の二人に聞いた。

「世界遺産の登録に関して、これ以上の審査はしない訳ですか？」

と、十津川が、聞いた。

「いや、もう一度、ユネスコの調査員も来日するはずです。その時に教会関係者の代表も来ることになっています」

と、近藤が、いった。

「この村がもう一度、世界遺産に登録される可能性もあるわけですね？」

十津川が、しつこく、聞く。

「ユネスコは、もう一度登録について考えてくれる可能性はあると思いますが、教会関係者は、あまりにも特異な信仰形態をどう判断するでしょう」

と、浅野が、いった。

問題になるのは、二十年前に、川野三太楼が書いた文章だというのである。

「皮肉なことに、彼が寄稿した雑誌は、現在、英語、あるいは、ポルトガル語に翻訳されて、多くの信者に読まれています。皆さんに、お見せした通りです」

と、近藤は、いう。

「今回の世界遺産への登録に関して、日本側のさまざまな報告や、信者の書いたものも、参考にされています。特に、平戸のこの村について書かれたものは少ないので、関係者は、川野さんの文章を重視しているのです」

と、浅野も、いう。

更に、近藤が、こういった。

「調査員の中には、この村の特異な信仰形態に疑念を持つのは、自分たちだけではない、日本のキリシタン自身、こうして二十年前から、疑念を、文章に残しているではないか、川野三太楼さんのこの文章を、論拠にしているのですよ」

確かに、皮肉な話だと、十津川も、思った。

川野三太楼は、自分の過ちを謝罪するために、日本中を、渡口晋太郎を探して歩いたのである。

それなのに、二十年前に、たった一回だけ、誤解のままに書いた文章が、渡口晋太郎の村を、世界遺産の登録から、外させようとしているのである。

「何とかなりませんか」

十津川も、二人の大学教授に向って、いった。

「そうですね。川野三太楼さんが、生きていて、この寄稿文を書いた時の事情や気持ちを、審査員に説明すれば、何とかなると思いますが」

と、浅野は、いった。

「しかし、それは、無理な話だから、この文章は、調査員がノーという理由の一つとして、生きていくでしょうね」

近藤も、冷静な口調で、いった。

「川野さんを、生き返らせて、調査員の前に、連れて来られれば、いいんですね」

「十津川さん。無理はやめて下さい。日本的な泣き落しの通じる相手ではありませんから」

浅野も、冷静な口調でいう。

二人とも、あくまでも、学問的に、事態を見ているのだ。

「カメさん」

と、十津川は、呼んだ。

「これから、川野三太楼を、探しに行こう」

その言葉に、亀井は、別に驚きもせず、

「わかりました」

と、肯《うなず》いたが、二人の大学教授は、驚いて、

「難しいことは、よくわかっていますから」

とか、

「冷静になりましょう」

とか、いったが、十津川は、構わずに、

「時間がない。すぐ、川野三太楼を探しに行くぞ」

と、亀井に、いった。

4

十津川と、亀井は、空路、東京に舞い戻った。

川野三太楼は、渡口晋太郎を追った。その足跡はある程度わかっている。

その土地、土地で、教会に寄っているからである。これも、信仰の強さの現れの証明になるだろう。

十津川は、川野三太楼の足跡を逆に、追っていくことにした。

彼は、東京都の小さな教会の前で、死んでいた。

司法解剖の結果、毒物が検出されている。彼は、潜伏キリシタンである。だから自殺をするはずがない。となれば、どうして毒を飲んで死んでいたのか。誰かが毒を飲ませたのか。色々なことがわからなかったのだが、彼が最後の日の直前、東京の上野公園の一角で、段ボールで暮らしていた男と、会って話をしていたことが捜査によって明らかになっている。その男はその後、自立支援施設に入所していた。彼は生きている川野三太楼に最後に会った男だった。その彼が、新聞社に投書していた。「彼に会った時、大変衰弱していた。そして缶ジュースを私に渡し、『これを私に飲ませてくれ』というのだ。自分で勝手に飲めばいいのにと、不思議に思いながらも、口を開けた彼にその缶ジュースを飲ませた。すると、途端に苦しみだした。慌てて私は一一九番した。人殺しはごめんだからだ。そして、救急車が来て彼は病院に運ばれていったのだが、その後、救急隊員が話したことに私はびっくりした。救急隊員はこういったのだ。『あの男は過去に恥ずかしいことがあって、毒を飲んで死にたかった。しかし、キリスト教徒なので自殺ができない。それで彼が考えたのは、細川ガラシャだった。細川忠興の奥方である。彼女は、夫に心配かけまいとして、自らの懐剣で喉《のど》を切って自殺しようとしたが、キリシタンなので自殺をすることができない。そこで部下の家老に自分を斬ってくれと頼んだ。そうすれば、死ぬことができるし、キリシタンとして非難されることもない。その故事を思い出して、毒入りの缶ジュースを渡して、飲ませてくれといったんだ。そうすればキリシタンの教えには背《そむ》かずに死ぬことができる。そんな風に考えたらしい。しかし救急車を呼ばれて死ぬことができなくなってしまった』。私はびっくりしてしまった。変な人だと思っていたが、新聞に載った人と同じだと知って、こうして投書している」

そんな内容だった。

この新聞記事は、明らかに、亡くなった川野三太楼の真の心の叫びがわかるものだった。この記事を、世界遺産の関係者に読んで貰えれば少しは、判断が変わるかもしれない。

「少しずつ、これと似たものを、探していこう」

と、十津川は、亀井に、いった。

「次は、どこへ行きますか？」

「カトリック教会に頼んで、川野三太楼の詳しい足跡を、再調査して貰ったんだ。そうしたら、東京の前に、伊豆の小さな教会に寄っていることが、わかったんだ」

と、十津川が、いった。

「伊豆は、観光地ですよ。そんな所に川野三太楼は、行ったんでしょうか？」

亀井が首を傾げる。

「確かに、不思議だが、川野三太楼の目的は、あくまでも、渡口晋太郎を探すものだったんだ。伊豆でも、渡口がいたという噂を聞けばすぐ、行ったと思うね」

「確かに、その通りです」

意見が一致して、二人は、すぐ、西伊豆に向かった。

5

西伊豆の堂ヶ島に近い、小さな教会である。観光地らしく華やかな色彩で、長崎などの天主堂に似ていた。

若い神父だった。

「川野三太楼さんのことは、よく覚えていますよ。日本中を人捜しで歩いていることを知って、びっくりしました」

「彼は、平戸の渡口晋太郎という人を、捜していたんですが、渡口さんが、この教会に来たことが、あったんですか？」

十津川が、聞いた。

そのために、川野三太楼も、この教会へ来たのではないかと、思ったのだが、北島《きたじま》という若い神父は、

「渡口晋太郎さんという方が、来たことはありませんが、ここからの海の眺めが、平戸に似ていると、いわれたことは、あります」

と、いった。

「そのせいか、川野三太楼さんは、三日間、ここに、おられたんですが、よく、海を眺めておられましたよ」

「そんなとき、どんな話をしていました？」

と、十津川は、聞いた。

「自分は、とにかく、ある人を捜していて、見つけたら、土下座しても、お詫びしたいといっていらっしゃいましたね」

「川野さんが東京で亡くなってしまったので、その願いは、果たせなくなってしまいました。他には、何かありませんか。故郷の平戸のことで気になっていることがあるみたいなことは、いっていませんでしたか？」

「そうですね」

と、北島神父は、なぜか、ためらいを見せてから、

「これは、川野三太楼さんに、内緒にしておいて欲しいといわれたんですが」

「そんなことを、川野さんは、いっていたんですか？」

「自分は、平戸に戻れないかもしれないといわれましてね。もし、平戸で、何か大きな事件があった時だけ、ぜひ、お願いしたいことがある。何もなければ、忘れて下さいと、いわれたことがあるんです」

と、北島神父が、いった。

十津川が、一瞬、ふるえた。なぜか、そんな言葉を予期していたからだった。

少しばかり、青ざめた顔になって、

「ぜひ、その話を、教えて下さい」

と、十津川が、いった。

「しかし、平戸で大きな事件があった時にだけと、いわれていますから」

「今、平戸が大きな事件に見舞われているんです。特に平戸の、川野三太楼に関係のある村がです。世界遺産に、登録されるかどうかという事件です」

「しかしそれは、おめでたいことでしょう？　川野三太楼さんがいっていたのは、逆に、厳しい事件に襲われたときに限る、ということでした」

「ぜひ、それを、教えて下さい」

と、十津川が、いった。

「それが、私には、わからないのです」

「私を、からかっているんですか？」

思わず、十津川は大声を出してしまったが、北島神父は、落ち着いて、

「うまく説明できなくて申しわけありません。川野さんの話では、すでに、四つの教

会にお願いしてきたというのです。平戸で、事件が起きたら、お願いしますといってある。ただ、忘れてしまって何もしないと困るので、その時は、それらの教会に警告を与えて下さいと、私は、頼まれていて、その内容は、知らないのです」

と、いった。

「川野さんは、どうして、そんな面倒くさい頼み方をしたんだろう？」

「なんでも、川野さんは、ずいぶん昔に、怒りにまかせて、子供っぽい恥ずかしい文章を書いてしまった。今日、頼んだことは、その文章が、表に出ることなので、できるだけ避けたい。だから、事件が起きた場合だけ、お願いすると、いっていましたね」

と、北島神父は、いった。

「何となく、わかります」

十津川も、やっと、笑顔になった。

「わかりますか？」

「わかって、ほっとしました。私からも、北島さんにお願いしたい」

「中身は、わかりませんよ」

「今が、川野三太楼さんのいった平戸に事件が起きた時だと思います。川野さんが頼んだところが動きそうもなかったら、警告を与えて下さい。お願いします」

第七章　奇跡

1

今、平戸島のこの村で、一つの現地調査が行われていた。世界遺産の登録却下の判定に対する調査である。そのための調査官として、ポルトガルの神父一人と、ユネスコから同じくアメリカ人の神父一人、合計二人が、この小さな村にやって来た。

立会人の役は、この村の歴史について調べていた大学教授の二人である。

調査の第一日は、ポルトガルの神父の発言で始まった。

「この日本でも、神の言葉は、オラショと呼ばれているという。そして、村長の家が、この村では教会であり、またオラショを伝える役は村長が司《つかさど》るというので、村長のオラショを聞いた。ところが、大事なオラショが、ポルトガル語と日本語が入り交じり、全く支離滅裂で、何をいっているのかわからなかった。これでは到底、世界遺産に登録することはできない。そこで、日本に、キリスト教がいかなる伝わり方をしたのか、まずそれから、話してもらいたい」

と、ポルトガルの神父が、いった。

この村では教会を持たず、そのため村自体が教会であり、村長が神父であった。

ところが、神父役の村長は、うまくキリスト教の歴史を伝えることができず、その代わりに大学教授で立会人の浅野教授が、日本のキリスト教の歴史を説明しようとすると、ユネスコから来たアメリカ人の神父が、それを拒否した。

「立会人であるお二人の大学教授には、法律面の見解だけを述べていただきたい。第一、お二人ともキリシタンではなくて、仏教徒ではないのか？　したがって、日本のキリスト教の歴史について仏教徒の説明は一切聞きたくない」

と、いって、拒否したのである。

こうして、調査一日目は、初めから頓挫《とんざ》してしまった。

これに対して、もう一人の大学教授、近藤教授が、こういった。

「このまま進行すれば、この村にとって不幸な結末になることは明らかです。したがって、一時間の休みをいただきたい。今、村民の一人が、私に小声で、今回の調査に関係する大事な書類が届いているというので、その書類に目を通してからこの調査を再開していただきたい。これは日本のキリスト教の歴史についてではなく、事務的な手続き上のことなので、立会人の私にも主張する権利があると考えます」

この近藤教授の提案は、受理された。そして、一時間の休憩が与えられた。

若い村人が、二人の大学教授に、この時伝えたのは、京都のカトリック教会から分厚い封書が届いているということだった。それは、この村の世界遺産の登録問題について行われている調査会宛てに届いた手紙だった。

一時間の休憩を得た二人の教授は、その神父の手紙に、目を通した。

「私の教会に、平戸島のカトリックの信徒である川野三太楼さんが三日間滞在していたことがあります。川野さんは、ある人を捜して日本中を歩き回るのだといわれて、京都を出発されました。その後、川野さんが、東京の教会の前で亡くなられたことを知りました。

川野さんは、当教会に三日間滞在されている間、私に向かって、日本のキリスト教の歴史について謙虚に勉強したいといい、また、カトリック関係の図書館に行っては、日本のキリスト教について勉強されていたことはよく知っています。そうして、一通の手紙を書かれました。その手紙を封筒に入れ、私に託して東京に出発されたのです。その時、川野三太楼さんは、私に、こういわれました。

もし、平戸島のこの村で問題が起きたら、この手紙を、送っていただきたい。何も起きなければ、そのまま預かっておいていただきたい。

そういわれて出発されたのです。ここに来て、平戸島の村が、世界遺産の登録を拒否されたということをニュースで知りました。おそらく、これが三太楼さんのいわれた問題というものだろうと思い、急遽《きゅうきょ》、書留でこの文書を送ります。ぜひこの村の世界遺産登録について、お役に立てればと念じております」

これが封書に添えられた京都のカトリック教会の神父の手紙だった。

そこで、二人の教授は、川野三太楼が書き残したという文章を今日の調査会に提出することにした。

2

川野三太楼の手紙は、一時間後に再開された調査の場に提出された。参考資料として、この手紙を取り上げてほしいと、二人の大学教授が立会人として、要請したのである。

しかし、最初、ポルトガルの神父によって拒否された。

「私たち調査官が知りたいのは、この村の信徒たちが、日本のキリスト教の歴史についてどう考え、どう理解しているのかということなのです。しかし、川野三太楼さんという人は、隣村の人であり、すでに、亡くなっていると聞きました。この村の信徒ではない人が書いたものを、参考資料として取り上げることはできません」

といって、拒否したのである。

それに対して、浅野教授が反論した。

「川野三太楼という名前に覚えはないのですか？　この村は一時、世界遺産に登録されることになったのですが、それが却下されてしまいました。その理由として、教会関係者が、参考にしたのは、川野三太楼さんが以前に書いた文章でした。それをポルトガル語に翻訳してまで、却下の理由にしたのではありませんか？　その同じ川野三太楼さんの手紙を、今日あなた方がどうして却下されるのか、私には、その理由が全くわかりません。却下の理由にした川野三太楼さんのものならば、その反対の理由として提出されれば、参考文献として採用し、討論の参考にするのが、当然ではありませんか」

と、浅野教授は、いった。

これに対して、ユネスコからやって来た神父は、

「今のプロフェッサー浅野の言葉は、たしかに道理である。私たちは、川野三太楼さんの書いたものを世界遺産登録拒否の理由として採用しました。それを今回拒否するのは道理に合いません。したがって、この手紙は、今からこの調査の場で朗読されることを許可します」

と、いった。

そこで、川野三太楼の手紙は、調査会で朗読され、それを二人の大学教授が、ポルトガル語に翻訳することが決定した。

「私、川野三太楼は、平戸島の小さな村に、キリシタンの子として、生まれ育ちました。日曜日ごとに教会に行き、お祈りをして生きてきました。

それにもかかわらず、キリスト教の歴史について勉強したことがなく、勝手に、キリスト教の歴史というのはこんなものだと考えていました。

たまたま私の村の隣村は、キリシタンといいながら生活様式が、私の村とは全く違

っていました。そこで不遜《ふそん》にも、私の村のキリシタン信仰が正しくて、隣の村の信仰は間違っていると、勝手に決めつけてしまっていたのです。

そして隣村の渡口晋太郎さんと知り合った時に、それを口にし、渡口さんを蔑《さげす》むようなことまでいってしまいました。それだけでは、収まらず、自分勝手なエッセイを書いて投書までしてしまいました。おそらくそのことに、失望したのでしょうか、渡口さんは、隣村から、行方をくらましてしまいました。

私は、何としてでも渡口さんを捜し出し、謝罪しなければならないと考え、村を出ました。こうして日本全国を渡口さんを捜しながら歩き回り、私は改めて、日本のキリスト教の歴史について勉強し、また、どんな信仰が、キリシタンの正しい信仰であるかを突き止めていきたいと考えるようになりました。

私は現在、京都のカトリック教会に滞在していますが、ここには三日間、お世話になるつもりです。その間に、神父さんから日本のキリスト教の歴史についていろいろと教えていただき、また、京都市内にあるカトリック系の図書館に行き、勉強をしたいとも思っています。

日本のキリスト教の歴史についてこの間学んできたことをここに書き留めておきます。

日本のキリスト教は一五四九年、ポルトガルから日本にやって来た神父フランシスコ・ザビエルによってもたらされたといわれています。

その頃、日本人は、毎年のように襲ってくる飢饉《ききん》に、苦しめられていました。特に大きな飢饉に襲われると、多くの人々が飢えて死に、時には人の肉まで食べたといわれています。

そんな時に神父ザビエルが、キリスト教という宗教をもたらしたのです。飢餓に苦しめられていた日本人は、この新しい宗教に、救いを求めました。

初めの頃、藩主（領主）もそれを止めようとはせず、それどころか、藩主自身もキリスト教に入信したので、信者は急速に増えていきました。また、最初にキリスト教をもたらしたのがポルトガル語を話す神父だったために、日本のキリスト教信者はポルトガル語のキリシタンと呼ばれるようになりました。

ところが、突然、キリシタンに対する弾圧が始まったのです。それは権力者たち、たとえば徳川幕府が、外国は、宗教を利用して、日本を占領するのではないかと疑い、日本に来ている神父を殺したり、追放したりし、信者に対する弾圧も始まりました。

この時から明治時代に解禁されるまでの約二百六十年間、日本には一人の神父もいない時代が続いたのです。このことを外国の人たちにも、よく知っていただきたいのです。

日本人にとって、キリスト教というのは新しい宗教です。それなのに、信徒を導く神父が一人もいなくなってしまったのです。それが二百六十年間も続いたのです。そうしたら、どうなりますか?

自分たちで神父の代わりを作り、自分たちで神のお告げを伝え、洗礼をし、そして、なんとかキリスト教を続けていかなくてはならなくなったのです。

それだけではありません。日本を支配する徳川幕府による、キリシタンへの弾圧が強くなりました。その弾圧はとても過酷なものでした。改宗しなければ拷問され、殺されました。

神父から教えてもらう立場にいる信徒たちが、弾圧を潜《くぐ》り抜けながら、自分たちでそうした難しいことをやらなければならなくなったのです。となれば当然、その教えは歪《ゆが》んできます。当たり前ですよね。だって、神父が一人もいないんですから。少しずつ日本人たちの考えるキリスト教というのが変化してきたとしても、それは当然だと思っていただくより仕方がありません。

その上、弾圧を避けながら、奉行所の目をごまかしながら、二百六十年間もキリスト教を守ってきたのです。

ですから、自分たちのやって来たキリスト教というものは正しいものだと思い込んでいます。外国の神父さん、あるいは信徒さんが奇異に思われたとしても、これは仕方がないことだったのです。仏教徒のマネをしたり、神道という日本独特の宗教のマネをしたりして弾圧を避けながら、キリスト教を伝えてきたからです。

外国の人たちが私たちを見て、仏教徒ではないのか、神道の崇拝者ではないのかと思い込んだとしても仕方のないことですが、奇妙な信仰の形をしていたとしても、これは二百六十年間、私たちが自分たちだけでキリスト教を守ってきたためなのです。そうしなければ、キリスト教を伝えて来られなかったのですよ。

そのことを、外国の神父さん、外国のキリスト信徒の皆さんにも分かっていただきたいのです。それなのに、私自身が、隣村の人たちの信仰の形がおかしいといって、それを馬鹿にし、軽蔑してきました。今、私はそのことを痛烈に自己批判しているのです」

川野三太楼の手紙が読み上げられた後、調査会の会場の空気が少しはやさしくなった。その証拠に、ユネスコから派遣されたアメリカ人の神父が、次のようにいった。

「私も日本のキリスト教については、本で読みました。大変な弾圧を受けてきたことも知っていますし、どういう歴史があったのかも本で読みました。それでも、今、川野三太楼さんの手紙には、大きなショックを受けたことを告白いたします。二百六十年間、日本には一人の神父もいなかった。一人の神父もいないのに、二百六十年間、日本のキリシタンは、キリスト教の信仰を守ってきた。こうした具体的な数字を与えられると、ショックを受けました。その上、弾圧を受けていたんですから、よくも二百六十年もの間、信仰を守り通してきたと、改めて感動しました」

そしてポルトガルの神父は、次のように、いった。

「今回、川野三太楼さんの手紙の内容を知って、改めて、私の祖先ザビエルがいかに苦労したのか、よくわかりました。ザビエルの時代がいかに過酷なものであったのかは知りませんでした。それを知らせてくれたことに対して、川野三太楼さんに感謝いたします」

3

翌日、二回目の調査が行われた。その中で、二人の神父は、この村の信徒の行動について、どうしても理解できないことの一つとして天主堂（教会）のないことを、口にした。

　アメリカ人の神父がいった。

「川野三太楼さんの手紙によって、不可解に見えたこの村の信徒さんたちの行動のいくつかは、どうにか理解できるようになりました。いや、理解しなければいけないと思うようになりました。しかし、戦争が終わり、自由にキリスト教の信仰を続け、自分はキリスト教の信徒であると名乗っても危険はない時代になったにもかかわらず、なぜ、この村の人たちは、自分たちの天主堂（教会）を持とうとしなかったのでしょうか？　私には、それが不思議で仕方がありません。なぜなら、真のキリスト教の信者ならば、何よりも先に天主堂を復活させようとするのではないでしょうか？　そして、天主堂に行き、お祈りを捧げる。これこそキリシタンの喜びでなければならないはずです。二百六十年もの間、神父のいない時代があり、また弾圧によって信仰の形が変化したとしても、天主堂に集まるという、その喜びだけは知っていたはずです。それなのに、なぜ、今になっても、この村の人たちは、天主堂を持とうとしないのでしょうか？」

　ポルトガルの神父も、同じようなことを口にした。

「私が日本に来て感動したのは、命がけでキリスト教を守って来た、いわゆる潜伏キリシタンという人たちが、戦争が終わった時、何よりも先に、自分たちの天主堂（教会）を作ったということなのです。天主堂、教会は信徒の憩いの場所であり、信仰の柱です。それをまず作ろうとしなかったこの村の人たちは、私から見れば、信徒としては不合格です。どんな粗末な教会でもいいのです。どうして、それをまず作ろうとしなかったのか、それだけは、私には不思議で仕方ないのです」

これに対して村長の弁明は、

「天主堂の代わりに山があります。私たちにとっては、それで十分です」

という簡単なものだった。

これは、簡単でいい言葉ではあるが、二人の神父を納得させることは、とても、できなかった。

アメリカ人の神父は、あっさりと、

「村人にとって山が信仰だというのは、キリスト教の信仰ではなくて、山岳信仰で、別の宗教です」

と、いい、しりぞけてしまった。

そのあとも、この神父は、執拗《しつよう》に、天主堂を問題にした。

「平和な時代になって弾圧もなくなったというのに、なぜ、この村は、天主堂を建て直そうとしなかったのか？　多くのキリスト教信者が住む他の村が天主堂を再建し、毎日そこに集まって信仰を確認しているのに、なぜ、この村では、頑《かたく》なに天主堂を再建しようとしなかったのか？　そして、こちらが天主堂の代わりにどこへ行き、信仰を高めているのかを聞くと、毎日近くの山に向かって礼拝し、信仰を深めているという。これは明らかに、日本特有の山岳信仰ではないのか。私は、京都で山伏《やまぶし》たちの信仰を見てきた。山に向かって礼拝し、大声で叫び、ホラ貝を吹くことで自分たちの信仰を深めていく。それと全く同じなのではないのか？　もしそうならば、これはキリスト教ではなくて、日本特有の山岳信仰です。それについて、どう答えるのか、それを知りたいと思います」

その質問に対して、神父役の村長（ここではオヤジと呼ばれている）が、大学教授に教えられて再弁明した。

「この村では、新しく天主堂、教会を設立する必要がないので、そのままにしているのです。山に向かって礼拝するのは、日本古来の山岳信仰とは関係がありません。私たちは、山の中にデウスを見て、毎日そのデウスに向かって頭を下げているのであって、これは山岳信仰などではなくて、間違いなくキリシタン信仰なのです」

と、答えた。

しかし、二人の神父は、村長の再弁明にも納得しなかった。

それに対して、弁護人役の二人の大学教授が、

「日本の山岳信仰と、この村の信徒たちの行動は、たしかによく似ていますが、その根本においては全く違っているのです」

と説明したが、二人の神父は、

「この村の信徒たちの考えではなく、大学教授としての学問的な説明であって、そんなものを認めるわけにはいかない」

として、退けた。

ここでまた、前日と同じように一時間の休憩が提案された。

ところが、この時も奇跡的に、今度は、豊橋のカトリック教会から、手紙が送られてきた。それには、京都の時と同じように、その教会の神父の添え書きがあった。なぜか全く同じような、添え書きである。

「うちの教会に川野三太楼さんは二十日間、滞在しておられました。

彼がいうには、どうしても捜し出して話をしたい人がいる。その人を捜すために日本中を歩き回っているのだが、まだ見つかっていない。その間に私は、もっと深くキ

リスト教についても、私が一方的にけなした渡口晋太郎さんの村の信仰についても勉強してきた。もし、私が死んだ後、この村について問題が起きたら、私が書いたこの手紙を送ってください。

川野三太楼さんから、そのようにいわれていました。今回、その村の世界遺産登録についての問題が、起きたので、これをお送りします。何かの参考にしていただければと思います」

これが、豊橋のカトリック教会の神父から送られてきた添え書きだった。

そして、亡くなった川野三太楼の手紙が披露されることになった。今回は、ユネスコから派遣された神父も、ポルトガルの神父も反対しなかった。

「私は長いこと、自分の村の近くにキリシタンの人たちが住む村があることを知らなかった。なぜなら、その村の人たちは自分たちの教会、天主堂を持とうとせず、また、他の村の天主堂に行って礼拝することもなかったからである。

弾圧の時代ではなく、今は宗教の自由が保障されている。

それなのに、自分たちの教会を持とうとしないキリシタンがいるとは、とても信じられなかった。

私の村は、戦争が終わると同時に、苦労して自分たちの教会を建てた。今でもその教会に通って礼拝している。これがキリスト教の信者としては、当然の行為ではないかと、私は思っている。

渡口晋太郎さんの母親は、昭和二十年八月、長崎に出稼ぎに行っていて、あの忌《い》まわしい原子爆弾に遭遇した。そして、生まれたのが渡口晋太郎さんであり、私なのだ。私の母も、あの日、長崎で働いていて原爆の放射能を浴びている。私はいわゆる胎内被爆の子なのだ。

そのこともわかって、少しずつ渡口晋太郎さんと付き合うようになってきたのだが、そうなると、彼の村が頑なに自分たちの教会を持とうとせず、また、他の教会に行って礼拝しようとしない理由が、少しずつわかってきた。

あの村の教会は、アメリカのB29の爆撃によって消えてしまったのである。その上、彼の母親は、長崎の原爆で被爆している。正直にいって、戦後生まれの私には、アメリカの爆撃や原爆についてのわだかまりはほとんどない。そのため、私は、あの村の人たちの気持ちもわからず、また、渡口晋太郎さんのわだかまりもわからなかった。だから、自分たちの教会を持とうとしないあの村の人たちは、渡口晋太郎さんも含めて、偽のキリシタンではないかと罵倒《ばとう》したりもした。

結果、渡口晋太郎さんは傷ついて、村を去った。その時点で私は、取り返しのつかないことをしてしまったと思い、今日まで日本中を、渡口晋太郎さんを捜して歩き回っている。とにかく彼に会って、直接謝罪したいのだ。

その一方で、私は自分自身のキリスト教の理解が少ないことを知り、立ち寄る教会で神父に教えを請い、また、キリスト教関係の図書館に通っては勉強した。そしてやっと、あの村の人たちの、あるいは渡口晋太郎さんの心情、あるいは、わだかまりがわかってきた。自分たちの教会を破壊し、原爆を投下したのはアメリカではないか。そんな国に対して、わだかまりがいまだに残っており、それゆえ天主堂を建てないのだ。

それに、私ははじめ、あの村の人たちが毎朝、近くの山に礼拝する気持ちが、よくわからなかった。外国人が批判するように、私もまた、これは日本の山岳信仰と同じではないか。キリスト教の信者がやることではないと思っていたのである。

しかし、あの村の人たちの山への信仰は、日本の山岳信仰とは全く違っている。山岳信仰では掛け声をかけるし、ホラ貝も吹く。そして、何よりも大きな違いは、山岳信仰の人たちは、山を修行の場としてとらえている点である。

しかし、あの村の人たちは、無言で山を礼拝するし、ホラ貝も吹かない。そして、ひたすら山の向こうにデウスを思い浮かべながら礼拝を続けていたのである。そのことが私にもようやくわかってきた。できれば、外国の人たちにも、その気持ちをわかってほしいと思う。

私は、どうしても、二百六十年の空白を考えてしまう。指導者がなく、弾圧に耐えつづけた二百六十年。

そんな中でも、村人たち、特に長崎や五島列島、平戸島の人たちは、村長を神父役にし、何とかして、キリスト教と同じことを伝えていきたかったのだ。これは、素晴らしいことではないか。

明治時代に入って、ようやく信仰の自由が与えられ、それまで隠れていたキリスト教の信者たちは、公《おおやけ》にキリスト教の信者であることを明らかにすることが許された。

しかし、繰り返すが、二百六十年である。その間に何代も重ねている。その間に、信仰の形が違ってきたとしても、弾圧に遭いながらも、二百六十年間、何とかしてキリスト教の信者であり続けたことは、キリスト信仰の証明ではないのか。そう考えれば、批判することは酷《こく》というものである。

こういえるのも、全て日本を放浪しながらカトリック教会の神父に話を聞き、図書館で勉強した結果である」

この手紙が披露された後、しばらくの間、全員黙ってしまって言葉がなかった。昨日、二人の神父は、川野三太楼の手紙に対して強い批判の言葉を並べたのだが、今日はさすがに言葉がなかった。

特に国連のユネスコから派遣されてきたアメリカ人の神父の顔は青ざめていた。何といっても、アメリカが長崎に原爆を落として、長崎の天主堂を破壊していたからである。

その上、川野三太楼の母親が長崎で被爆しており、その子供として生まれたのが川野三太楼であることがわかって、沈黙を守らざるを得なかったのだろう。

それでもなお、この村を世界遺産として認定するという言葉は、二人の神父の口からは出てこなかった。

4

そして、三日目の調査会の日が来た。この日が最後の調査会で、これを済ませれば、二人の神父はユネスコの世界遺産の委員会に報告する予定になっていた。

昨日、ユネスコから来たアメリカ人の神父は、さすがに原爆の話が出たので言葉が少なかったが、今日は最初から声が大きかった。彼は、こういった。

「われわれは、問題の村について四つの視点から観察しました。第一点、二重信仰ではないか。つまり、キリスト教の信仰といっておきながら、仏教信仰、あるいは日本特有の山岳信仰が同時に行われているのではないかということです。第二は、祖先崇拝ではないかということです。デウスを神として信仰しておきながら、実際にはデウスではなくて自分の祖先を崇拝している。これでは、真のキリスト教の信者とはいえません。第三は現世利益です。これはしばしば見つかるのですが、一つの宗教を信じるのが、現世の利益を得るための信仰であってはならないし、これではキリスト信仰とはいえません。第四は、儀礼主義ではないかということです。形だけキリシタンのような格好をしている。それが真の信仰ではなくて、儀礼に落ちてしまっている。これでは、真のキリシタンとはいえません。この四点についてこの村の信仰を調べました」

アメリカ人神父は、一呼吸おき、話をつづけた。

「実は昨夜遅く、この村の村長さんが、わざわざ今までのお礼に歓迎会を開きたい。

そういってこられたのです。私は最初、遠慮しようと思いましたが、これもこの村の本当の姿がわかるチャンスだろうと思い、承諾したのです。こうして、夜遅く、歓迎会が開かれたのです。まずお酒が出ました。酒の肴《さかな》として、お刺身が出ました。最初、静かに、この酒宴は始まりました。ところが、酔ってくるにつれて少しずつ座が乱れていき、歌が始まって騒がしくなってきました。そして、最後に何が起きたと思いますか？　突然、村長が毎年やっているくじ引きをやろうといい出したのです。村人の一人が、どんなくじ引きなのかを説明してくれました。それによると、毎年、村人たちが一定の金額を出して、それをまとめておき、年に一度の特別な日にくじ引きをして、当たった村人が、その金額全部を手に入れるという、そういうくじ引きだというのです。くじ引きが始まり、村人の一人が当たって、集めた金額はすべて、その村人の手に、渡りました。その村人が挨拶をして、こういいました。私たちの村のキリスト信仰が、ユネスコに認められて、世界遺産になる。そのめでたい時にくじに当たって誠に嬉しい。これもデウスのおかげである。そんな挨拶をしたのですよ。これはどう見ても、現世利益ではないでしょうか？」

浅野教授が、遠慮がちに反論した。

「二日前には、私が仏教徒で、学術的にしかキリシタンというものを見ていないので、その意見は聞く必要がないといわれました。たしかにその通りです。私はキリシタンではないし、キリシタンを学問的にしか見ていません。それでも私は、声を大にしていいたい。皆さんの判断は間違っています。この村のキリシタン信仰が世界遺産にふさわしくないというのは、全くの暴論です。もう少し、この村の信仰の実態を見ていただきたい」

と、いった。

しかし、二人の神父は、その意見を聞き入れようとはしなかった。

「それならば、もっと具体的な意見をいっていただきたい」

「困りましたね」

と、近藤教授が、浅野教授の顔を見て、いった。

「できればもう一度、奇跡が起こるといいのですが」

と、浅野教授が、いった時、本当に三度目の奇跡が起きたのである。

今度は、上野にある小さなカトリック教会の神父から、三太楼の最後の手紙が届けられたのである。それにもまた、上野の教会の神父の手紙が添えられていた。

「川野三太楼さんは、東京都内のカトリック教会の前で亡くなったといわれていますが、その十日前に、すでに東京に着いていたのです。

そのあと、三太楼さんは必死になって、上野、浅草、あるいは新宿、池袋といった盛り場に行き、渡口晋太郎さんを捜して歩き回ったのです。

そんなときに、後でわかったのですが、渡口晋太郎さんと思われる男が、酔っぱらった男にケンカを吹っかけられて、刺されて死んでしまったという話を聞いたのです。

それは後になってから、人違いだということがわかったのですが、疲れ切っていた三太楼さんは、その噂に絶望したんだと思います。

しかし、自殺をすることはキリシタンとしては許されません。そこで、どこからか農薬を手に入れ、それを缶ジュースの中に混入しました。そして、最後の日に、三太楼さんは、それをホームレスの人に渡し、これを私に飲ませてくれと頼んだのです。

ホームレスは、訳がわからなかったようですが、三太楼さんがお礼はするといって、お金を渡したので、そのホームレスは、缶ジュースを押しつけました。

そして、三太楼さんはそれを飲んで、最後のカトリック教会の前まで歩いていって、そこで倒れて死んでしまったのです。

その三太楼さんは、東京に十日いた間に、自分の考えを便箋に書き記していました。

そして、農薬を飲む前に、その便箋を私に託したのです。

もし、平戸島のこの村に絡んで何か大きな事件があった時には、私の書いたこの手紙を送っていただきたいと、三太楼さんは、いわれたのです。

今度の世界遺産問題が起きたので、三太楼さんの手紙を封筒に入れて、そちらに送ります。これが何かのお役に立てば幸いです」

これが、問題の手紙を託された、神父の添え書きだった。

そして、最後の三太楼の手紙が、最後の審問の席で、披露された。

「私は、十日前に東京に着いた。上野、浅草、あるいは新宿、渋谷といった盛り場を歩き回り、東京の郊外にも足を運んだ。何とかして、あの村の渡口晋太郎さんを捜し出して、心からの謝罪をしたかったからである。

だが、見つからない。それどころか、ここに来て渡口晋太郎さんが亡くなったという話が、私の耳に聞こえてきた。

私は絶望した。彼に謝罪するチャンスはもうないのだ。そうなれば、唯一の謝罪の形は私自身の命を絶つことである。

しかし、キリシタンとして自殺は許されないから、何とかして、自殺ではない方法で、命を絶とうと思う。

しかし、その前に、平戸からここまでやって来た間に勉強したこと、神父さんたちに聞いたこと、そして、自分の反省点をまとめてから死にたいと思うようになった。

そこでこれから、私は私なりの遺書を書く。

私の遺書

私は平戸を出てから今日まで何カ月か、日本中を歩き回って、あの村の渡口晋太郎さんを、捜しました。その傍ら、自分が、いかにキリスト教について、あるいは日本のキリシタンについて何も知らないかがわかり、各地のカトリック教会の神父さんから話を聞き、図書館に通い、本を読み、私の知らなかったキリシタンの歴史について、そして、現在のキリシタンについて勉強しました。

それでわかったことを、これから書いておきます。

日本のキリシタン、特に潜伏キリシタンについては、どういう疑問が世界から浴びせられているかがわかってきました。次の四つの点です。
一　二重信仰

二　祖先崇拝
三　現世利益
四　儀礼主義

もし、この四つの疑問の一つにでも抵触すれば、それはキリシタンとは呼べないという厳しい世界の目が今もあるのです。

そして、私は、この四つの点について調べてみました。あの村が該当するかどうかについてです。

まず第一の二重信仰です。

二百六十年の暗い弾圧の時、奉行所は、日本人全員を仏教徒として、登録してしまいました。日本全国の寺の檀家にしてしまったのです。ですから、この時代、日本には仏教徒しかいないのです。全員が檀家なのです。

逆にいえば、この時代、日本にはキリシタンが一人もいないことになるのです。それで、私は外国の皆さんにお願いしたい。こうした時代ですから、表面的には、日本には、一人もキリシタンはいないことになってしまうので、そのことをまず考えていただきたいのです。

次は、第二の祖先崇拝です。あの村にも祖先の墓があります。命日にはお墓参りもします。それも、二百六十年間の弾圧がそうさせてしまったのです。日本人全員を仏教徒にしてしまったから当然、その仏教徒は、お墓参りをしなくてはなりません。もし、お墓参りをしなければ、それはキリシタンということだから、首をはねてしまおう。そういう時代だったのです。

ですから、祖先崇拝についてもよく調べていただきたい。そうしないと、当時、日本にはキリシタンが一人もいないことになってしまいますから。

次は、第三の現世利益です。

外国の人たちから誤解されるものとして、村の中の、ささやかなくじ引きというものがあります。貧しい人たちが、何年かに一回は贅沢をしたい。その希望を持って、わずかな金を全員が出してプールしておき、年に一回、抽選を行うのです。当たった人がその全額をもらえる。そして、その人は、その時だけ贅沢ができる。

つまり、自分たちの金を出し合って、一人ずつ贅沢をしていくという、これは、どう考えても宗教ではありません。単なるくじ引きです。

他にも日本では、宝くじがあったり、パチンコというものがあったりしますが、外国のようなカジノはありません。もともと日本人には、そういう社交場のようなものは似合っていないのです。ですから、今までカジノはできなかったのです。パチンコでも年末の宝くじでも、宗教色は全くありません。

最後は、儀礼主義です。

たしかに日本では、まず形から入っていくということが、よくいわれます。それは宗教だけではなくて、生け花、踊り、お茶、そうしたことに対して、日本人の多くは、形から入っていって、内心を理解するとよくいいます。

したがって、外国の人から見れば、儀礼主義的に見えると思うのですが、これは別に、何かを理解しようとする時の方法論ですから、問題はないと思っています。

つまり、儀礼から入って、儀礼で終わらずに真実に到達する。これは日本人的なやり方ですから、一見すると儀礼的に見えても、キリスト教の信仰と違わないということはよく調べてもらえればわかるような気がするのです。そうでなければ、一五〇〇年代にスペイン人の神父が日本に初めて伝えたキリスト教が、現在まで延々と伝わっている理由がありません。

何しろ、歴史上、日本では二十万人もの殉教者が出ているのです。それを考えただけでも、日本人のキリスト教信仰が、決してうわべだけではなく、本当の信仰であることがわかっていただけると思います。

あの村の人たちの信仰、そして、渡口晋太郎さんの信仰は本物だったのです。私は、それに気がつきませんでした。自分の村だけが本物の信仰で、隣の村の信仰は偽物だとそう信じ込んでいたのです。今、そのことに激しい後悔を感じています」

その後、三太楼が東京での十日間に会った人たちのことが書いてあった。その中には、キリスト教の信者として東京の山谷《さんや》でホームレスたちの支援活動をしている名もなき信者のことも載っていた。

三太楼の最後の手紙が披露された後、それについての議論が始まる予定になっていたのだが、二人の神父は、なぜかそれをやめてしまった。

「私たちは、三日間に届けられた三通の三太楼さんの手紙に感銘を受けました。これ以上、この村について審問する必要はないと思います。三通の手紙は、お二人の大学教授に英語とポルトガル語に翻訳していただいて、それをそのまま国連のユネスコの世界遺産委員会に提出して、あちらの判断を仰《あお》ぎたいと思います」

と、二人の神父は、こもごも、調査会に参加した村人たちと、二人の大学教授に向かっていった。

（奇跡は起きたのだろうか）

と、十津川は思った。

解説

縄田一男

『平戸から来た男』は、『読楽』二〇一八年四月号から十月号にかけて連載され、二〇一八年十二月、トクマノベルスの一冊として刊行された、御存じ十津川警部の活躍する異色作である。

何が異色作かといえば、本書は十津川と亀井が事件の謎を追って、平戸と東京の間を幾度も往復するが、そこで重要なテーマとして浮かび上がって来るのは、平戸の風光明媚《めいび》な景色ではなく、戦国から明治、そして現代まで息づいている隠れキリシタンの歴史なのである。

従って、いわゆるトラベルミステリーとは一味違った力作ということができる。

ここで熱心な西村作品の読者なら、故なくして歴史的弾圧を受けてきた人々をテーマに据えた作品として、比較的初期の傑作で、一夜にしてアイヌの伝説の英雄の雪像ができる感動の長篇『殺人者はオーロラを見た』を思い出す方もいるだろう。

　そして、話を本書に戻せば、東京の北にあるカトリック系の教会の前で死んでいた男の身元は、彼が持っていた茶碗——お湯を注ぐと茶碗の底に十文字が浮かび上がる——から、長崎県の五島列島や平戸に住む隠れキリシタンの末裔《まつえい》ではないか、という疑問が浮かび上がってくる。

　やがて捜査は、十津川、亀井のコンビに移るが、死んでいた男は、平戸の住人、川野三太楼、七十三歳ということが分かる。彼は服毒死だが、キリシタンである限り、自殺は考えられない。その川野は、ちょうど一年前に家を出て、ある人物を捜して日本中を旅してまわったという。何故？　誰を？

　十津川と亀井は、川野ともう一人、彼が追っていた渡口晋太郎の謎に迫ろうとするが、そこに立ちはだかったのは、人間の壁である。

　キリシタンは、決して人から打ち明けられた懺悔や告解を他人に明かしてはならないのである。ましてや、それがキリシタン村の村長や神父においておや。

　そしてさらに判明したのは、川野が胎内被爆児であり、渡口が被爆二世であることである。

　ここで読者諸兄は、西村京太郎の第一長篇『四つの終止符』や江戸川乱歩賞受賞作『天使の傷痕』で、作者が身内から湧き出る書かざるを得なかったテーマを思い出していただきたい。

胎内被爆とは、放射線量と体内被爆時の胎齢とに関係がある。精神や身体に及ぼす影響が重度の知的障害や精神的発育にあらわれる。

また、被爆二世は、広島・長崎の被爆者の子で、数十万人ともいわれる。医療費の本人負担は、基本全額免除される。

が、それだけではあるまい——長い歴史の中でさまざまな偏見の目があったことだろう。

西村京太郎は、唯一の被爆国の国民として原爆問題に無関心ではいられなかった。本書では、キリシタン問題に焦点をあてているため、原爆問題は提示するにとどめているが、十津川がはじめて海外で活躍する作品『シベリア鉄道殺人事件』において、核科学者を中東に連れ出そうとする計画と対決。

その「著者のことば」で次のようにいっている。

ソビエトが崩壊したとき、一番の不安は、原爆・水爆の流出だった。爆弾そのものというより、その知識である。経済的にも崩壊してしまったロシアでは、いちばん手っ取り早く売れるものといえば、それしか考えられない。

（中略）

最近、ロシア国内の事情は、少しは安定にむかっていると思うが、原水爆のノウハウ流出の危険は、いぜんとして残っている気がしてならない。

本書をはじめとして多くの十津川ものやエンターテインメント作品を貫く、これこそが西村京太郎の矜恃《きょうじ》に他ならないのである。

川野と渡口は、何故、村を追われたのか——。

十津川と亀井が真相に近づくことは、そのまま、川野と渡口の人生に近づくことでもある。二人は、なぜ、キリシタンの村を追われたのか。そして、川口は、なぜ、日本中を渡口を追っていったのか——。

作中で、川野の死体をいちばん最初に見つけた中村神父が「私は、川野さんの動きが、まるで四国のお遍路さんのような気がしているんです」というが、この台詞《せりふ》を聞くと、何やら映画版「砂の器」めく。

そして、ことは事件の解明だけではない。平戸島を含め五島列島や天草に残る潜伏キリシタンの歴史が、世界遺産に登録されるという話が持ち上がったのである。

しかし、ユネスコは、隠れキリシタンたちの当時の権力者を欺くための独自の信仰を、異郷のそれとして異をとなえてきたのである。

長い間の彼らの苦悶《くもん》の歴史が忘れさられていいのか。

ここで話を事件の真相に戻そう。

十津川は、苦労の果てにそれに近づく。が、それは、事件の謎やトリックをあばいたからではない。十津川は、川野と渡口の人生を理解したとき、すべてを知り得たのである。

そこで私が思い出したのは、ベルギー生まれのフランス・ミステリー界の巨匠ジョルジュ・シムノン創造するところのメグレ警視である。

シムノンのメグレものには、鬼面人を驚かすようなトリックもなく、事件の解決は、メグレが犯人の人生を理解したことによるのである。

かつて女性連続殺人犯を追う『イブが死んだ夜』で、十津川はメグレ的風格を見せたことがあり、本書でもそれは同様である。

そして、物語のラストで十津川は述懐する。

(奇跡は起きたのだろうか)

そう、起きたのである。

平成三十年七月、長崎と天草地方の潜伏キリシタン関連遺産が、世界文化遺産として登録されたのである。平戸の聖地と集落は、キリスト教が禁じられる中で、日本の伝統的宗教や一般社会と共生しながら、ひそかに信仰を続けた潜伏キリシタンの伝統

（信仰継続のための信仰の秘匿や移住先の選択）の証となる遺産群として、一、原城あと、二、平戸の聖地と集落などが選ばれたのである。

そして、さらにいえば、本書は、クリスマスではないが、一足はやいクリスマス・ストーリーの趣きを持っている。

欧米のクリスマス・ストーリーの定義は、子供が登場すること＝集落にいる二人だけの子供、そして奇跡が起こること＝長崎、天草の世界文化遺産への登録に依っている。

十津川らの捜査行を追いつつも、一方で日本のキリシタンの歴史に思いをはせる格好の一冊といえよう。

二〇二〇年七月

徳間文庫の好評既刊

西村京太郎

日本遺産殺人ルート

十津川《とつがわ》班の西本《にしもと》刑事と早川《はやかわ》ゆう子は箱根《はこね》への日帰り旅行に出かけるため、新宿発のロマンスカーに乗車した。二人は、ゆう子の友人でサービス係の前田《まえだ》千加《ちか》と車内で偶然再会するが、千加が突如消えたのだ!?　その夜、他殺とみられる千加の遺体が自宅マンションで発見される。死亡推定時刻は、ゆう子が会った数時間後だった……。「行楽特急殺人事件」他、巧妙なトリックが冴える旅情推理傑作集。

徳間文庫の好評既刊

西村京太郎

夜行快速《ムーンライト》えちご殺人事件

新宿23時09分発新潟行き快速「ムーンライトえちご」。新宿歌《か》舞《ぶ》伎《き》町《ちょう》のパチンコ店従業員・三《み》宅《やけ》修《おさむ》は社長を殺して現金五百万円を奪って、郷里の長《なが》岡《おか》に向かった。同じ列車には、クラブでアルバイトをしながら大学を卒業した江《え》見《み》はるかの姿もあった。彼女は起業の夢を抱き、一千万円を貯めて新潟に帰郷するところだった。が、二人が突然失踪したのだ!? 彼らの行方を追う十津川と亀井！

徳間文庫の好評既刊

西村京太郎

日本遺産からの死の便り

十津川《とつがわ》警部の妻・直子《なおこ》は叔母《おば》と石川県の和倉《わくら》温泉に出かけ、海に身を投げた橋本《はしもと》ゆきを助けた。恋人に死なれ後を追おうとしたのだという。が、直子が目撃した、ゆきの不審な行動。のと鉄道に乗って恋路《こいじ》駅に行き、待合室においてある「思い出ノート」の一ページを破り取って燃やしたのだ！　一カ月半後、ゆきと婚約していたという資産家が失踪し、やがて遺体が発見された⁉　不朽の傑作集。

十津川警部、湯河原に事件です

Nishimura Kyotaro Museum

西村京太郎記念館

■1階　茶房にしむら
サイン入りカップをお持ち帰りできる京太郎コーヒーや、ケーキ、軽食がございます。
■2階　展示ルーム
見る、聞く、感じるミステリー劇場。小説を飛び出した三次元の最新作で、西村京太郎の新たな魅力を徹底解明!!

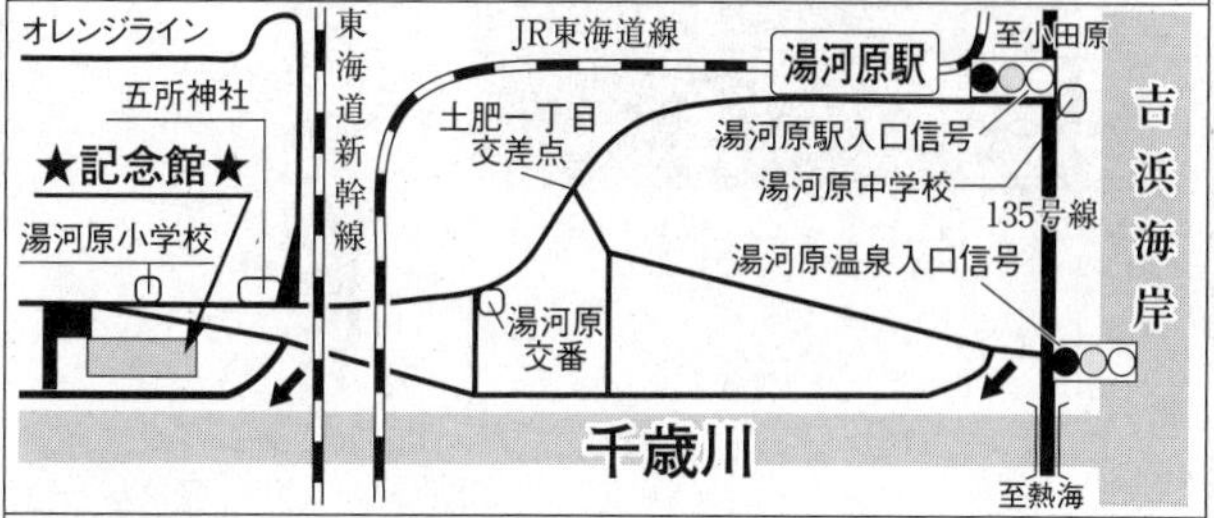

■交通のご案内
◎国道135号線の湯河原温泉入口信号を曲がり千歳川沿いを走って頂き、途中の新幹線の線路下もくぐり抜けて、ひたすら川沿いを走って頂くと右側に記念館が見えます
◎湯河原駅よりタクシーではワンメーターです
◎湯河原駅改札口すぐ前のバスに乗り［湯河原小学校前］で下車し、川沿いの道路に出たら川を下るように歩いて頂くと記念館が見えます
●入館料／840円（大人・飲物付）・310円（中高大学生）・100円（小学生）
●開館時間／AM9:00〜PM4:00（見学はPM4:30迄）
●休館日／毎週水曜日・木曜日（休日となるときはその翌日）
〒259-0314 神奈川県湯河原町宮上42-29
TEL : 0465-63-1599　FAX : 0465-63-1602

西村京太郎ファンクラブのご案内

会員特典(年会費2200円)

◆オリジナル会員証の発行 ◆西村京太郎記念館の入場料半額
◆年2回の会報誌の発行（4月・10月発行、情報満載です）
◆抽選・各種イベントへの参加
◆新刊・記念館展示物変更等のハガキでのお知らせ（不定期）
◆他、楽しい企画を考案予定!!

入会のご案内

■郵便局に備え付けの郵便振替払込金受領証にて、記入方法を参考にして年会費2200円を振込んで下さい■受領証は保管して下さい■会員の登録には振込みから約1ヶ月ほどかかります■特典等の発送は会員登録完了後になります

[記入方法] 1枚目は下記のとおりに口座番号、金額、加入者名を記入し、そして、払込人住所氏名欄に、ご自分の住所・氏名・電話番号を記入して下さい

郵便振替払込金受領証　窓口払込専用

口座番号	金額
00 / 00230-8-17343	2200

加入者名	料金（消費税込み）	特殊取扱
西村京太郎事務局		

2枚目は払込取扱票の通信欄に下記のように記入して下さい

通信欄
(1) 氏名（フリガナ）
(2) 郵便番号（7ケタ）　※必ず7桁でご記入下さい
(3) 住所（フリガナ）　※必ず都道府県名からご記入下さい
(4) 生年月日（19XX年XX月XX日）
(5) 年齢　(6) 性別　(7) 電話番号

十津川警部、湯河原に事件です

西村京太郎記念館
■お問い合わせ（記念館事務局）
TEL0465-63-1599
■西村京太郎ホームページ
http ://www4.i-younet.ne.jp/~kyotaro/

※申し込みは、郵便振替払込金受領証のみとします。メール・電話での受付けは一切致しません。

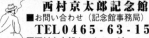

徳間文庫

平戸《ひらど》から来《き》た男《おとこ》

© Kyôtarô Nishimura 2020

2020年8月15日 初刷

著者 西《にし》村《むら》京《きょう》太《た》郎《ろう》
発行者 小宮英行
発行所 株式会社徳間書店
東京都品川区上大崎三-一-一 〒141-8202
目黒セントラルスクエア
電話 編集〇三(五四〇三)四三四九
販売〇四九(二九三)五五二一
振替 〇〇一四〇-〇-四四三九二
印刷
製本 大日本印刷株式会社

ISBN978-4-19-894580-0 (乱丁、落丁本はお取りかえいたします)

この作品は２０１８年12月徳間書店より刊行されました。
なお、本作品はフィクションであり実在の個人・団体などとは一切関係がありません。

本書のコピー、スキャン、デジタル化等の無断複製は著作権法上での例外を除き禁じられています。本書を代行業者等の第三者に依頼してスキャンやデジタル化することは、たとえ個人や家庭内での利用であっても著作権法上一切認められておりません。

☆西村京太郎全著作リスト（2020.6.30現在）

山前譲　編

1　四つの終止符

ポケット文春（文藝春秋新社）／1964・3・20

春陽文庫（春陽堂書店）／1970・8・25

サンポウ・ノベルス（産報）／1973・6・25

講談社文庫（講談社）／1981・10・15

西村京太郎長編推理選集第一巻（講談社）／1987・2・20

2　天使の傷痕

講談社／1965・8・15

春陽文庫／1971・6・25

ロマン・ブックス（講談社）／1975・5・4

講談社文庫／1976・5・15

西村京太郎長編推理選集第一巻／1987・2・20

江戸川乱歩賞全集⑥（講談社文庫）／1999・3・15

講談社文庫【新装版】／2015・2・13

3　D機関情報

講談社／1966・6・25

春陽文庫／1971・7・20

講談社文庫／1978・12・15

西村京太郎長編推理選集第三巻／1987・11・20

講談社文庫【新装版】／2015・6・12

4　太陽と砂

講談社／1967・8・20

春陽文庫／1971・8・5

講談社文庫／1986・1・15

西村京太郎長編推理選集第七巻／1988・1・20

講談社ノベルス（講談社）／2002・10・5

5　おお21世紀

サン・ポケット・ブックス（春陽堂書店）／1969・11・25

角川文庫（角川書店　改題『21世紀のブルース』）／

1986・4・25

6　南神威島

私家版／1970・5・20

講談社文庫／1992・9・15

〈収録作品〉「南神威島」「幻想の夏」「手を拍く猿」「カードの城」「刑事」

7　ある朝海に

カッパ・ノベルス（光文社）／1971・3・20

講談社文庫／1980・9・15

西村京太郎長編推理選集第二巻／1987・12・20

光文社文庫（光文社）／1998・2・20

8　名探偵なんか怖くない

講談社／1971・5・20

ロマン・ブックス／1973・3・20

講談社文庫／1977・8・15

西村京太郎長編推理選集第四巻／1987・5・20

講談社文庫【新装版】／2006・7・14

9　脱出

カッパ・ノベルス／1971・8・20

KOSAIDO・BLUE・BOOKS（廣済堂出版）／1977・2・15

講談社文庫／1981・2・15

西村京太郎長編推理選集第二巻／1987・12・20

10　悪への招待

講談社／1971・8・24

講談社文庫／1983・3・15

徳間文庫（徳間書店）〈上下〉／1997・3・15

徳間文庫【新装版】／2003・7・15

11　汚染海域

毎日新聞社／1971・9・28

KOSAIDO・BLUE・BOOKS／1977・3・30

徳間文庫／1982・6・15

廣済堂文庫（廣済堂出版）／1995・12・1

トクマ・ノベルズ（徳間書店）／1997・3・31

徳間文庫【新装版】／2007・5・15

12　殺しの双曲線

ホリデー・フィクション（実業之日本社）／1971・11・15

ジョイ・ノベルス（実業之日本社）／1977・9・25

講談社文庫／1979・5・15

西村京太郎長編推理選集第五巻／1987・10・20

ジョイ・ノベルス【新装版】／2004・5・25

講談社文庫【新装版】／2012・8・10

13　マンション殺人

青樹社／1971・12・10

徳間文庫／1983・10・15

トクマ・ノベルズ／1995・11・30

徳間文庫【新装版】／2005・5・15

光文社文庫／2016・11・20

14　殺意の設計

こだまブック（弘済出版社）／1972・4・10

KOSAIDO·BLUE·BOOKS／1976・8・31

文華新書（日本文華社）／1978・5・1

角川文庫／1988・4・25

廣済堂文庫／1994・12・1

15　ハイビスカス殺人事件

サンケイノベルス（サンケイ新聞社出版局）／1972・4・28

講談社文庫／1984・7・15

徳間文庫／1993・4・15

トクマ・ノベルズ／1998・4・30

16　名探偵が多すぎる

講談社／1972・5・22

講談社文庫／1980・5・15

17　伊豆七島殺人事件

カッパ・ノベルス／1972・8・10

光文社文庫／1985・2・20

18　鬼女面殺人事件

マイニチ・ミステリーブックス（毎日新聞社）／1973・3・15

文華新書／1977・9・5

徳間文庫／1981・1・15
西村京太郎長編推理選集第六巻／1987・8・20
飛天文庫（飛天出版）／1995・6・5
トクマ・ノベルズ／1996・7・31
青樹社文庫（青樹社）／2001・8・20
廣済堂文庫／2004・1・1
徳間文庫【新装版】／2011・3・15

19　殺人者はオーロラを見た

サンケイノベルス／1973・5・30
徳間文庫／1982・10・15
講談社文庫／1993・10・15
トクマ・ノベルズ／1997・6・30
徳間文庫【新装版】／2006・9・15

20　赤い帆船

カッパ・ノベルス／1973・8・15
角川文庫／1982・9・10
光文社文庫／1998・6・20
光文社文庫【新装版】／2013・3・20

21　名探偵も楽じゃない

講談社／1973・12・8
ロマン・ブックス／1975・11・4
講談社文庫／1982・9・15

22　日本ダービー殺人事件

サンポウ・ノベルス／1974・5・25
KOSAIDO・BLUE・BOOKS／1977・8・29
徳間文庫／1981・5・15
集英社文庫（集英社）／1993・4・25
トクマ・ノベルズ／1996・3・31

23　おれたちはブルースしか歌わない

講談社／1975・3・24
ロマン・ブックス／1975・10・4
講談社文庫／1982・5・15
講談社ノベルス／2002・12・5

24　**消えたタンカー**
カッパ・ノベルス／1975・4・30
光文社文庫／1985・5・20
西村京太郎長編推理選集第八巻／1987・4・20
講談社文庫／1999・2・15
光文社文庫【新装版】／2018・8・20

25　**幻奇島**
毎日新聞社／1975・5・15
徳間文庫／1982・2・15
西村京太郎長編推理選集第六巻／1987・8・20
トクマ・ノベルズ／1995・7・31
双葉文庫（双葉社）／1997・4・10
徳間文庫【新装版】／2004・7・15

26　**聖夜に死を**
トクマ・ノベルズ／1975・12・10
徳間文庫／1982・4・15
トクマ・ノベルズ／1996・12・31
徳間文庫【新装版】／2003・12・15
光文社文庫／2015・12・20

27　**消えた巨人軍**
トクマ・ノベルズ／1976・4・10
徳間文庫／1980・10・31
徳間文庫【新装版】／2000・5・15
中公文庫（中央公論新社）／2014・7・25

28　**消えた乗組員**
カッパ・ノベルス／1976・5・20
光文社文庫／1985・11・20
西村京太郎長編推理選集第八巻／1987・4・20
講談社文庫／1998・5・15
光文社文庫【新装版】／2017・12・20

29　**殺しのバンカーショット**
文華新書／1976・8・20
文華新書／1985・4・15
角川文庫／1987・5・25

集英社文庫／1992・4・25
十津川警部日本縦断長篇ベスト選集33／2014・2・28

30　名探偵に乾杯

講談社／1976・9・8
講談社文庫／1983・8・15
西村京太郎長編推理選集第四巻／1987・5・20
講談社文庫【新装版】／2013・8・9

31　血ぞめの試走車

文華新書／1977・2・5
集英社文庫／1981・9・25
文華新書／1985・11・25
徳間文庫〈上下〉／1994・4・15
KōYōNOVELS（向陽舎）／2000・12・10
徳間文庫【新装版】／2003・2・15

32　華麗なる誘拐

トクマ・ノベルズ／1977・3・5
徳間文庫／1982・8・15
西村京太郎長編推理選集第九巻／1987・9・20
講談社文庫／1995・3・15
徳間文庫【新装版】／2000・7・15
トクマ・ノベルズ【新装版】／2004・3・31

33　七人の証人

ジョイ・ノベルス／1977・5・25
ジョイ・ノベルス【新装版】／1983・11・25
講談社文庫／1983・12・15
西村京太郎長編推理選集第五巻／1987・10・20
ジョイ・ノベルス【新装版】／2004・9・25

34　発信人は死者

カッパ・ノベルス／1977・11・25
光文社文庫／1986・3・20
西村京太郎長編推理選集第三巻／1987・11・20
徳間文庫／2015・4・15

35　ゼロ計画を阻止せよ
トクマ・ノベルズ／1977・12・30
徳間文庫／1983・6・15
徳間文庫【新装版】／2000・8・15
36　カードの城
新評社／1978・2・20
〈収録作品〉「南神威島」「幻想の夏」「手を拍く猿」「カードの城」「刑事」「行先のない切符」
37　炎の墓標
講談社／1978・2・24
講談社文庫／1984・8・15
西村京太郎長編推理選集第七巻／1988・1・20
38　ダービーを狙え
双葉新書（双葉社）／1978・4・10
集英社文庫（改題『現金強奪計画』）／1981・12・25
角川文庫（改題『現金強奪計画』）／1992・2・25
双葉文庫（改題『現金強奪計画』）／1997・4・10
39　盗まれた都市
トクマ・ノベルズ／1978・4・10
徳間文庫／1982・12・15
徳間文庫【新装版】／2001・2・15
中公文庫／2015・3・25
40　寝台特急殺人事件
カッパ・ノベルス／1978・10・30
光文社文庫／1984・10・20
西村京太郎長編推理選集第十巻／1987・1・20
カッパ・ノベルス【新装版】／2003・4・20
光文社文庫【新装版】／2009・9・20
41　イヴが死んだ夜
集英社／1978・11・25
集英社文庫／1982・6・25
嶋中文庫（嶋中書店）／2005・6・20
角川文庫／2008・5・25

42　**真夜中の構図**

集英社／1979・7・25

集英社文庫／1983・1・25

角川文庫／2010・5・25

43　**一千万人誘拐計画**

立風書房／1979・8・10

角川文庫／1983・3・10

立風ノベルス（立風書房）／1990・9・30

〈収録作品〉「受験地獄」「第二の標的」「一千万人誘拐計画」「白い殉教者」「天国に近い死体」

44　**夜間飛行殺人事件**

カッパ・ノベルス／1979・8・10

光文社文庫／1984・12・20

西村京太郎長編推理選集第十巻／1987・1・20

光文社文庫【新装版】／2009・11・20

45　**11の迷路**

講談社／1979・8・16

〈収録作品〉「密告」「二一・〇〇時に殺せ」「美談崩れ」「オートレック号の秘密」「アカベ・伝説の島」「変身願望」「回春連盟」「隣人愛」「アンドロメダから来た男」「チャリティゲーム」「殺しへの招待」

46　**黄金番組殺人事件**

トクマ・ノベルズ／1979・9・10

徳間文庫／1983・2・15

徳間文庫【新装版】／2002・11・15

47　**黙示録殺人事件**

新潮社／1980・1・20

新潮文庫（新潮社）／1983・1・15

西村京太郎長編推理選集第九巻／1987・9・20

48　**けものたちの祝宴**

トクマ・ノベルズ／1980・5・30

徳間文庫／1984・4・15

徳間文庫【新装版】／2004・2・15

集英社文庫／2019・4・25

49　**終着駅殺人事件**

カッパ・ノベルス／1980・7・20

光文社文庫／1984・11・20

西村京太郎長編推理選集第十一巻／1986・11・20

日本推理作家協会賞受賞作全集40（双葉文庫）／1997・11・15

光文社文庫【新装版】／2009・10・20

50　**夜行列車殺人事件**

カッパ・ノベルス／1981・4・25

光文社文庫／1985・3・20

光文社文庫【新装版】／2009・12・20

51　**消えたドライバー**

KOSAIDO·BLUE·BOOKS／1981・6・10

角川文庫／1983・5・25

廣済堂文庫／1990・4・25

〈収録作品〉「消えたドライバー」「死を呼ぶトランク」「九時三十分の殺人」

52　**日本殺人ルート**

KOSAIDO·BLUE·BOOKS／1981・9・10

角川文庫／1984・5・25

廣済堂文庫／1986・7・10

トクマ・ノベルズ／1997・12・31

〈収録作品〉「花冷えの殺意」「石垣殺人行」「秘めたる殺人」「死へのワン・ショット」「超高層ホテル爆破計画」「危険なダイヤル」「死者の告発」「手を拍く猿」

53　**原子力船むつ消失事件**

カドカワノベルズ（角川書店）／1981・11・1

角川文庫／1984・9・10

54　**北帰行殺人事件**

カッパ・ノベルス／1981・12・20

光文社文庫／1985・8・15

西村京太郎長編推理選集第十一巻／1986・11・20

光文社文庫【新装版】／2010・1・20

55　**恐怖の金曜日**
カドカワノベルズ／1982・1・25
角川文庫／1985・2・25

56　**死者に捧げる殺人**
FUTABA NOVELS（双葉社）／1982・2・10
双葉ポケット文庫（双葉社）／1983・7・1
集英社文庫／1997・7・25
〈収録作品〉「海辺の悲劇」「三億円の悪夢」「知らない町で」「危険な伴侶」「超速球150キロの殺人」「白いスキャンダル」「戦慄のライフル」「白い罠」「死者に捧げる殺人」

57　**蜜月列車殺人事件**
カッパ・ノベルス／1982・4・25
光文社文庫／1985・12・20
〈収録作品〉「再婚旅行殺人事件」「あずさ3号殺人事件」「ゆうづる5号殺人事件」「新婚旅行殺人事件」

58　**特急さくら殺人事件**
講談社ノベルス／1982・5・20
講談社文庫／1984・11・15
西村京太郎長編推理選集第十二巻／1987・3・20
光文社文庫／1999・2・20
十津川警部日本縦断長篇ベスト選集25／2013・5・31

59　**ミステリー列車が消えた**
新潮社／1982・7・15
新潮文庫／1985・1・25
西村京太郎長編推理選集第十三巻／1986・12・20

60　**イレブン殺人事件**
ジョイ・ノベルス／1982・7・25
角川文庫／1986・2・25
〈収録作品〉「ホテルの鍵は死への鍵」「歌を忘れたカナリヤは」「ピンクカード」「仮面の欲望」「優しい悪魔たち」「受験地獄」（角川文庫は再版より「裸のアリバイ」）「危険なサイドビジネス」「水の上の殺人」「危険な道づ

れ」「モーツァルトの罠」「死体の値段」

61　消えたエース

カドカワノベルズ／1982・8・25
角川文庫／1985・5・25

62　無明剣、走る

角川書店／1982・8・31
角川文庫／1984・8・10
祥伝社文庫（祥伝社）／2005・10・30

63　日本一周「旅号」殺人事件

カッパ・ノベルス／1982・9・10
光文社文庫／1986・4・20
光文社文庫【新装版】／2010・2・20

64　寝台特急「紀伊」殺人行

カドカワノベルズ／1982・11・25
角川文庫／1985・9・10
廣済堂文庫／1987・11・10
中公文庫／1997・9・18
十津川警部日本縦断長篇ベスト選集08（徳間書店）／2011・6・30

65　四国連絡特急殺人事件

講談社ノベルス／1983・1・8
講談社文庫／1985・4・15
西村京太郎長編推理選集第十二巻／1987・3・20
光文社文庫／1999・5・20

66　東北新幹線殺人事件

カッパ・ノベルス／1983・1・25
光文社文庫／1986・8・20
光文社文庫【新装版】／2010・3・20

67　寝台特急あかつき殺人事件

講談社ノベルス／1983・6・5
講談社文庫／1986・8・15
光文社文庫／2001・12・20
十津川警部日本縦断長篇ベスト選集27／2013・7・31

68　**下り特急「富士」殺人事件**
カッパ・ノベルス／1983・6・10
光文社文庫／1987・1・20
徳間文庫／2000・2・15
十津川警部日本縦断長篇ベスト選集13／2011・11・30

69　**死者はまだ眠れない**
FUTABA NOVELS／1983・6・10
双葉文庫／1985・1・25
徳間文庫／1996・11・15
徳間文庫【新装版】／2009・8・15

70　**雷鳥九号殺人事件**
カッパ・ノベルス／1983・7・15
光文社文庫／1987・4・20
講談社文庫／2001・2・15
〈収録作品〉「『雷鳥九号』殺人事件」「幻の特急を見た」「急行『だいせん』殺人事件」「殺人は食堂車で」「夜行列車『日本海』の謎」

71　**行先のない切符**
FUTABA NOVELS／1983・9・10
双葉文庫／1986・6・25
徳間文庫／1999・4・15
〈収録作品〉「夜の殺人者」「カードの城」「刑事」「行先のない切符」「手を拍く猿」「幻想の夏」「南神威島」「鳩」

72　**神話列車殺人事件**
ジョイ・ノベルス／1983・10・25
光文社文庫／1987・12・20
徳間文庫／2000・10・15
ジョイ・ノベルス【新装版】／2005・5・25
徳間文庫【新装版】／2012・11・15

73　**夜の探偵**
集英社／1983・10・25
集英社文庫／1985・3・25

集英社文庫【新装版】／2011・4・25

74　**札幌着23時25分**

カドカワノベルズ／1983・11・25

角川文庫／1985・9・25

中公文庫／1998・9・18

75　**超特急「つばめ号」殺人事件**

カッパ・ノベルス／1983・12・1

光文社文庫／1987・8・20

講談社文庫／1999・8・15

十津川警部日本縦断長篇ベスト選集35／2014・4・30

76　**日本シリーズ殺人事件**

講談社ノベルス／1984・3・5

講談社文庫／1986・10・15

77　**高原鉄道殺人事件**

カッパ・ノベルス／1984・4・5

光文社文庫／1988・2・20

祥伝社文庫／2001・5・20

〈収録作品〉「高原鉄道殺人事件」「おおぞら3号殺人事件」「振り子電車殺人事件」「内房線で出会った女」「殺意の『函館本線』」

78　**L特急踊り子号殺人事件**

講談社ノベルス／1984・5・1

講談社文庫／1987・1・15

光文社文庫／2001・3・20

〈収録作品〉「L特急踊り子号殺人事件」「特急しらさぎ殺人事件」「振り子電車殺人事件」

79　**寝台特急「北陸」殺人事件**

講談社ノベルス／1984・7・5

西村京太郎長編推理選集第十三巻／1986・12・20

講談社文庫／1987・4・15

光文社文庫／2003・8・20

80　**北能登殺人事件**

カッパ・ノベルス／1984・7・20

光文社文庫／1988・4・20
講談社文庫／2000・8・15
十津川警部日本縦断長篇ベスト選集07／2011・5・31

81　都電荒川線殺人事件

読売新聞社／1984・8・7
光文社文庫／1988・6・20
〈収録作品〉「都電荒川線殺人事件」「十和田南への旅」「四国情死行」「宮崎へのラブレター」「湯煙りの中の殺意」「祇園の女」「サロベツ原野で死んだ女」「白樺心中行」

82　展望車殺人事件

新潮社／1984・8・10
新潮文庫／1987・1・25
祥伝社文庫／2014・2・20
〈収録作品〉「友よ、松江で」「特急『富士』殺人事件」「展望車殺人事件」「死を運ぶ特急『谷川5号』」「復讐のスイッチ・バック」

83　オホーツク殺人ルート

講談社ノベルス／1984・9・5
講談社文庫／1987・7・15
西村京太郎長編推理選集第十五巻／1987・7・20
徳間文庫／1997・11・15
十津川警部日本縦断長篇ベスト選集02／2011・1・31

84　京都感情旅行殺人事件

光文社文庫／1984・9・10
光文社文庫【新装版】／2010・4・20

85　東京駅殺人事件

カッパ・ノベルス／1984・9・30
西村京太郎長編推理選集第十四巻／1987・6・20
光文社文庫／1988・8・20
光文社文庫【新装版】／2010・6・20
講談社文庫／2019・2・15

86　**特急「白鳥」十四時間**
カドカワノベルズ／1984・11・25
角川文庫／1985・11・10
中公文庫／2000・6・25
87　**特急北アルプス殺人事件**
ジョイ・ノベルス／1985・1・30
角川文庫／1988・4・25
中公文庫／2001・7・25
ジョイ・ノベルス【新装版】／2005・9・25
88　**寝台特急「日本海」殺人事件**
カッパ・ノベルス／1985・2・25
光文社文庫／1988・12・20
講談社文庫／2004・6・15
89　**変身願望**
講談社文庫／1985・3・15
〈収録作品〉「変身願望」「回春連盟」「隣人愛」「オートレック号の秘密」「アカベ・伝説の島」「アンドロメダから来た男」「チャリティゲーム」「殺しへの招待」「アリバイ」
90　**寝台急行「銀河」殺人事件**
文藝春秋／1985・3・20
文春文庫（文藝春秋）／1987・9・10
文春文庫【新装版】／2017・6・10
91　**行楽特急殺人事件**
講談社ノベルス／1985・5・1
講談社文庫／1988・3・15
〈収録作品〉「ATC作動せず（L特急『わかしお』殺人事件）」「急行べにばな殺人事件」「午後九時の目撃者」「行楽特急殺人事件」
92　**上野駅殺人事件**
カッパ・ノベルス／1985・6・20
西村京太郎長編推理選集第十四巻／1987・6・20
光文社文庫／1989・4・20
光文社文庫【新装版】／2010・7・20

講談社文庫／2017・2・15

93　午後の脅迫者

講談社文庫／1985・7・15

講談社ノベルス／2002・11・5

〈収録作品〉「午後の脅迫者」「密告」「二一・〇〇時に殺せ」「美談崩れ」「柴田巡査の奇妙なアルバイト」「私は職業婦人」「オーストラリアの蟬」「成功報酬百万円」「マルチ商法」

94　南伊豆高原殺人事件

トクマ・ノベルズ／1985・8・31

徳間文庫／1987・10・15

講談社文庫／1998・3・15

徳間文庫【新装版】／2008・6・15

95　狙われた寝台特急「さくら」

ノン・ノベル（祥伝社）／1985・9・5

ノン・ポシェット（祥伝社）／1989・7・20

徳間文庫／2000・6・15

祥伝社文庫／2016・2・20

96　第二の標的

光文社文庫／1985・9・15

〈収録作品〉「第二の標的」「謎の組写真」「アクシデンタル・ジャイブ」「神話の殺人」「危険なダイヤル」

97　夜ごと死の匂いが

廣済堂文庫／1985・10・15

角川文庫／1987・4・10

〈収録作品〉「夜ごと死の匂いが」「危険な賞金」「危険な判決」「危険な遺産」「危険なスポットライト」「狙われた男」「私を殺さないで」

98　臨時特急「京都号」殺人事件

ノン・ノベル／1985・11・20

ノン・ポシェット／1990・2・20

十津川警部日本縦断長篇ベスト選集47／2015・6・30

徳間文庫／2017・3・15

99　急行奥只見殺人事件

ジョイ・ノベルス／1985・11・25

角川文庫／1989・4・25

ジョイ・ノベルス【新装版】／2006・5・25

祥伝社文庫／2018・1・20

100 トンネルに消えた…

KOSAIDO·BLUE·BOOKS／1985・12・15

廣済堂文庫／1987・2・10

角川文庫／1988・9・25

〈収録作品〉「トンネルに消えた…」「殺しの慰謝料」「見事な被害者」「タレントの城」「落し穴」「死の代役」「ヌード協定」「闇の中の祭典」

101 富士山麓殺人事件

カッパ・ノベルス／1985・12・20

光文社文庫（改題『仮装の時代』）／1989・6・20

徳間文庫（改題『仮装の時代』）／2019・12・15

102 怖ろしい夜

角川文庫／1986・1・25

廣済堂文庫／1987・7・10

〈収録作品〉「夜の追跡者」「怠惰な夜」「夜の罠」「夜の牙」「夜の脅迫者」「夜の狙撃」

103 寝台急行「天の川」殺人事件

文藝春秋／1986・1・30

文春文庫／1988・6・10

文春文庫【新装版】／2018・6・10

104 殺しのインターチェンジ

廣済堂文庫／1986・2・10

角川文庫／1987・10・25

〈収録作品〉「雪は死の粧い」「殺しのインターチェンジ」「脅迫者」「三十億円の期待」「アリバイ」「見舞の人」「海の牙」「死霊の島」

105 最果てのブルートレイン

カッパ・ノベルス／1986・3・25

光文社文庫／1989・8・20

〈収録作品〉「最果てのブルートレイン」「余部橋梁310メートルの死」「愛と死の飯田線」

106 南紀殺人ルート

講談社ノベルス／1986・4・15
西村京太郎長編推理選集第十五巻／1987・7・20
講談社文庫／1988・7・15
徳間文庫／1999・2・15

107 寝台特急八分停車

カドカワノベルズ／1986・4・25
角川文庫／1987・5・30
徳間文庫／2012・1・15

108 特急「あずさ」殺人事件

カッパ・ノベルス／1986・5・30
光文社文庫／1989・10・20
講談社文庫／2004・11・15
十津川警部日本縦断長篇ベスト選集32／2014・1・31

109 EF63形機関車の証言

ジョイ・ノベルス／1986・6・25
角川文庫／1989・6・10
双葉文庫／2013・7・14
〈収録作品〉「EF63形機関車の証言」「見知らぬ時刻表」「スキー列車殺人事件」「江ノ電の中の目撃者」「運河の見える駅で」「西の終着駅の殺人」

110 夜の終り

角川文庫／1986・6・25
双葉文庫／2015・1・18
〈収録作品〉「人探しゲーム」「夜の終り」「海の沈黙」

111 座席急行「津軽」殺人事件

文藝春秋／1986・7・20
文春文庫／1989・6・10
文春文庫【新装版】／2019・8・10

112 山陰路殺人事件

カッパ・ノベルス／1986・7・25

光文社文庫／1989・12・20
講談社文庫／2001・9・15

113 寝台特急「はやぶさ」の女
サンケイ・ノベルス（サンケイ出版）／1986・8・10
角川文庫／1988・10・25
中公文庫／2003・3・25

114 マウンドの死
光文社文庫／1986・9・20
〈収録作品〉「裸の牙」「マウンドの死」「血に飢えた獣」「二十三年目の夏」「バイヤー殺人事件」「わが心のサンクチュアリ」

115 函館駅殺人事件
カッパ・ノベルス／1986・9・25
光文社文庫／1990・2・20
光文社文庫【新装版】／2010・9・20
講談社文庫／2018・6・14

116 特急「おき3号」殺人事件
講談社ノベルス／1986・10・5
講談社文庫／1989・6・15
光文社文庫／2003・2・20
〈収録作品〉「関門三六〇〇メートル」「裏切りの中央本線」「臨時特急を追え」「最北端の犯罪」「特急『おき3号』殺人事件」

117 大垣行345M列車の殺意
新潮社／1986・11・10
カッパ・ノベルス／1988・10・30
新潮文庫／1989・7・25
〈収録作品〉「十津川警部の孤独な捜査」「青に染まった死体」「君は機関車を見たか」「大垣行345M列車の殺意」

118 急行もがみ殺人事件
ジョイ・ノベルス／1987・1・25
角川文庫／1990・4・25
ジョイ・ノベルス【新装版】／2007・5・25
双葉文庫／2009・9・13

119 日本海からの殺意の風

カッパ・ノベルス／1987・1・30
光文社文庫／1990・4・20
講談社文庫／2002・9・15
〈収録作品〉「日本海からの殺意の風」「殺人へのミニ・トリップ」「潮風にのせた死の便り」

120 阿蘇殺人ルート

講談社ノベルス／1987・2・5
講談社文庫／1989・7・15
徳間文庫／1999・6・15
十津川警部日本縦断長篇ベスト選集09／2011・7・31

121 みちのく殺意の旅

文藝春秋／1987・3・1
文春文庫／1989・10・10
光文社文庫／2005・11・20
十津川警部日本縦断長篇ベスト選集19／2012・6・30

122 日本海殺人ルート

講談社ノベルス／1987・4・5
講談社文庫／1990・2・15
徳間文庫／2002・4・15
十津川警部日本縦断長篇ベスト選集21／2012・8・31

123 東京地下鉄殺人事件

読売新聞社／1987・5・13
光文社文庫／1992・2・20
徳間文庫／2004・1・15
十津川警部日本縦断長篇ベスト選集01／2011・1・31

124 環状線に消えた女

C★NOVELS（中央公論社）／1987・5・20
中公文庫／1989・7・10
集英社文庫／1997・12・20

〈収録作品〉「環状線に消えた女」「LAより哀をこめて」「愛は死の影の中で」「愛と死の甘き香り」

125 目撃者を消せ

角川文庫／1987・5・25

廣済堂文庫／1988・2・10

〈収録作品〉「目撃者を消せ」「死を運ぶ車」「歪んだ顔」「影の接点」「八番目の死」「ある証言」「暗い部屋から」

126 西鹿児島駅殺人事件

カッパ・ノベルス／1987・5・30

光文社文庫／1990・6・20

光文社文庫【新装版】／2010・10・20

講談社文庫／2020・2・14

127 ひかり62号の殺意

新潮社／1987・6・10

カッパ・ノベルス／1989・2・28

新潮文庫／1990・1・25

徳間文庫／2011・2・15

128 伊勢・志摩に消えた女

集英社／1987・7・25

集英社文庫／1990・4・25

中公文庫／1998・2・18

十津川警部日本縦断長篇ベスト選集06／2011・3・31

129 特急「おおぞら」殺人事件

カッパ・ノベルス／1987・7・30

光文社文庫／1990・8・20

講談社文庫／2005・3・15

130 ミニ急行「ノサップ」殺人事件

文藝春秋／1987・7・30

文春文庫／1990・3・10

徳間文庫／2010・6・15

131 八ヶ岳高原殺人事件

トクマ・ノベルズ／1987・8・31

徳間文庫／1989・8・15

講談社文庫／1999・1・15
徳間文庫【新装版】／2005・7・15

132 ナイター殺人事件

光文社文庫／1987・9・20
〈収録作品〉「ナイター殺人事件」「スプリング・ボード」「優しい支配者たち」「我ら地獄を見たり」「素晴らしき天」

133 寝台特急六分間の殺意

講談社ノベルス／1987・10・5
講談社文庫／1990・7・15
〈収録作品〉「列車プラス・ワンの殺人」「死への週末列車」「マスカットの証言」「小さな駅の大きな事件」「寝台特急六分間の殺意」

134 特急「北斗1号」殺人事件

カッパ・ノベルス／1987・10・25
光文社文庫／1990・12・20
講談社文庫／2007・9・14

135 殺人列車への招待

カドカワノベルズ／1987・11・25
角川文庫／1989・12・10
集英社文庫／2009・4・25

136 極楽行最終列車

文藝春秋／1987・11・30
文春文庫／1991・1・10
〈収録作品〉「死への旅『奥羽本線』」「18時24分東京発の女」「お座敷列車殺人事件」「極楽行最終列車」

137 L特急たざわ殺人事件

ジョイ・ノベルス／1988・1・25
角川文庫／1990・7・10
ジョイ・ノベルス【新装版】／2008・6・25
双葉文庫／2011・9・18

138 祝日に殺人の列車が走る

カドカワノベルズ／1988・3・25
角川文庫／1990・11・25

集英社文庫／2010・4・25

139 山手線五・八キロの証言

カッパ・ノベルス／1988・3・30

光文社文庫／1991・2・20

〈収録作品〉「山手線五・八キロの証言」「裏磐梯殺人ルート」「鎮魂の表示板が走った」

140 釧路・網走殺人ルート

講談社ノベルス／1988・4・5

講談社文庫／1991・2・15

徳間文庫／2003・1・15

141 寝台特急「ゆうづる」の女

FUSO・MYSTERY500（扶桑社）／1988・4・25

文春文庫／1990・8・10

光文社文庫／2006・11・15

142 L特急やくも殺人事件

ジョイ・ノベルス／1988・6・30

角川文庫／1991・10・25

ジョイ・ノベルス【新装版】／2009・6・25

双葉文庫／2014・7・12

〈収録作品〉「L特急やくも殺人事件」「イベント列車を狙え」「挽歌をのせて」「青函連絡船から消えた」

143 札幌駅殺人事件

カッパ・ノベルス／1988・6・30

光文社文庫／1991・4・20

光文社文庫【新装版】／2010・12・20

講談社文庫／2020・6・11

144 アルプス誘拐ルート

講談社ノベルス／1988・7・5

講談社文庫／1991・7・15

徳間文庫／2011・4・15

145 会津高原殺人事件

トクマ・ノベルズ／1988・8・31

徳間文庫／1990・10・15

講談社文庫／1999・5・15

徳間文庫【新装版】／2006・7・15
十津川警部日本縦断長篇ベスト選集23／2012・11・30

146 寝台特急「北斗星」殺人事件
カッパ・ノベルス／1988・8・31
光文社文庫／1991・8・20
講談社文庫／2005・5・15

147 殺人はサヨナラ列車で
光文社文庫／1988・9・20
講談社文庫／2002・7・15
〈収録作品〉「殺人はサヨナラ列車で」「薔薇の殺人」「秘密を売る男」「第六病棟の殺人」「狙撃者の部屋」

148 特急「あさしお3号」殺人事件
新潮社／1988・9・20
カッパ・ノベルス／1990・10・25
新潮文庫／1991・7・25
〈収録作品〉「特急『あさしお3号』殺人事件」「夜が殺意を運ぶ」「オートレック号の秘密」（新潮文庫版には収録せず）「首相暗殺計画」

149 特急「にちりん」の殺意
講談社ノベルス／1988・10・5
講談社文庫／1991・9・15
光文社文庫／2004・2・20
〈収録作品〉「殺意を運ぶ列車」「ヨコカル11.2キロの殺意」「神話の国の殺人」「特急『にちりん』の殺意」

150 十津川警部の挑戦
ジョイ・ノベルス〈上下〉／1988・10・20
角川文庫〈上下〉／1991・4・25
ジョイ・ノベルス〈上下〉【新装版】／2009・9・25
祥伝社文庫〈上下〉／2011・10・20

151 伊豆の海に消えた女
ミューノベルズ（毎日新聞社）／1988・12・20
光文社文庫／1991・12・20
祥伝社文庫／2000・9・20

152 寝台特急「あさかぜ1号」殺人事件
カッパ・ノベルス／1988・12・20
光文社文庫／1992・4・20
徳間文庫／2003・10・15
十津川警部日本縦断長篇ベスト選集36／2014・5・31
153 十和田南へ殺意の旅
KOSAIDO･BLUE･BOOKS／1989・1・30
廣済堂文庫／1993・12・1
徳間文庫／1996・5・15
廣済堂文庫【新装版】／2009・6・11
十津川警部日本縦断長篇ベスト選集03／2011・2・28
154 特急「富士」に乗っていた女
カドカワノベルズ／1989・2・25
角川文庫／1991・7・10
祥伝社文庫／2013・2・20
155 青函特急殺人ルート
講談社ノベルス／1989・4・5
講談社文庫／1992・3・15
光文社文庫／2004・8・20
156 死への招待状
角川文庫／1989・4・10
角川文庫【新装版】／2017・5・25
〈収録作品〉「危険な男」「危険なヌード」「死への招待状」「血の挑戦」「ベトナムから来た兵士」「罠」
157 L特急しまんと殺人事件
ジョイ・ノベルス／1989・4・20
角川文庫／1992・6・25
双葉文庫／2008・9・14
ジョイ・ノベルス【新装版】／2010・6・25
十津川警部日本縦断長篇ベスト選集43／2015・1・31

158「C62ニセコ」殺人事件
カッパ・ノベルス／1989・4・30
光文社文庫／1992・8・20
〈収録作品〉「『C62ニセコ』殺人事件」「特急『ゆうづる3号』の証言」「とき403号で殺された男」
159 十津川警部の決断
カッパ・ノベルス／1989・6・25
光文社文庫／1992・12・20
文春文庫／2010・6・10
160 十津川警部の対決
講談社／1989・6・28
講談社ノベルス／1991・7・5
講談社文庫／1992・7・15
徳間文庫／2003・4・15
161 山陽・東海道殺人ルート
講談社ノベルス／1989・7・5
講談社文庫／1992・5・15
光文社文庫／2005・2・20
162 志賀高原殺人事件
トクマ・ノベルズ／1989・8・31
徳間文庫／1991・10・15
講談社文庫／2000・1・15
徳間文庫【新装版】／2005・12・15
十津川警部日本縦断長篇ベスト選集12／2011・10・31
163 最終ひかり号の女
講談社ノベルス／1989・10・5
講談社文庫／1992・12・15
〈収録作品〉「スーパー特急『かがやき』の殺意」「石勝高原の愛と殺意」「愛と殺意の中央本線」「最終ひかり号の女」
164 特急「白山」六時間〇二分
カドカワノベルズ／1989・11・25
角川文庫／1992・2・25

中公文庫／2004・4・25

165 特急ゆふいんの森殺人事件

ジョイ・ノベルス／1990・1・30

文春文庫／1993・1・25

光文社文庫／2007・11・20

166 悪女の舞踏会

角川文庫／1990・2・25

〈収録作品〉「悪女の舞踏会」「女に気をつけろ」「女が消えた」「女とダイヤモンド」「拾った女」「女と逃げろ」

167 宗谷本線殺人事件

カッパ・ノベルス／1990・2・28

光文社文庫／1993・4・20

講談社文庫／2007・2・15

168「のと恋路号」殺意の旅

C★NOVELS／1990・3・25

中公文庫／1992・11・10

角川文庫／1998・9・25

169 富士・箱根殺人ルート

講談社ノベルス／1990・4・5

講談社文庫／1993・3・15

光文社文庫／2006・2・20

170 十津川警部の怒り

カッパ・ノベルス／1990・5・30

光文社文庫／1993・8・20

講談社文庫／2006・4・15

〈収録作品〉「十津川警部の怒り」「快速列車『ムーンライト』の罠」「禁じられた『北斗星5号』」

171 特急ひだ3号殺人事件

ジョイ・ノベルス／1990・7・10

角川文庫／1994・9・25

中公文庫／2007・8・25

ジョイ・ノベルス【新装版】／2010・9・25

〈収録作品〉「特急ひだ3号殺人事件」「特急あいづ殺人事件」「信濃の死」「殺意を運ぶあじさい電車」

172 飛騨高山に消えた女

ノン・ノベル／1990・7・20

ノン・ポシェット／1994・2・25

光文社文庫／2000・10・20

173 パリ発殺人列車

カッパ・ノベルス／1990・7・25

光文社文庫／1993・12・20

文春文庫／2005・4・10

174 スーパー雷鳥殺人事件

トクマ・ノベルズ／1990・8・31

徳間文庫／1992・10・15

祥伝社文庫／2000・3・20

十津川警部日本縦断長篇ベスト選集20／2012・7・31

175 十津川警部の困惑

講談社ノベルス／1990・10・5

講談社文庫／1993・7・15

〈収録作品〉「海を渡る殺意—特急しおかぜ殺人事件」「死を呼ぶ身延線」「死が乗り入れて来る」「十津川警部の困惑」

176 特急「有明」殺人事件

カドカワノベルズ／1990・11・25

角川文庫／1992・9・25

祥伝社文庫／2006・2・20

177 十津川警部の逆襲

カッパ・ノベルス／1990・12・20

光文社文庫／1994・4・20

〈収録作品〉「阿波鳴門殺人事件」「死体は潮風に吹かれて」「ある刑事の旅」

178 夜の脅迫者

角川文庫／1991・3・25

祥伝社文庫／2015・3・20

〈収録作品〉「危険な若者」「ある男の肖像」「脅迫者」「電話の男」「優しい死神」「めでたい奴」

179 津軽・陸中殺人ルート
講談社ノベルス／1991・4・5
講談社文庫／1994・5・15
光文社文庫／2006・8・20
十津川警部日本縦断長篇ベスト選集24／2013・4・30

180 オリエント急行を追え
カドカワノベルズ／1991・4・25
角川文庫／1993・9・25
祥伝社文庫／2011・2・15

181 木曾街道殺意の旅
C★NOVELS／1991・5・25
中公文庫／1994・9・18
角川文庫／1999・2・25

182 愛と憎しみの高山本線
文藝春秋／1991・7・20
文春文庫／1993・8・10
双葉文庫／2003・3・11
〈収録作品〉「愛と裏切りの石北本線」「愛と孤独の宗谷本線」「愛と憎しみの高山本線」「愛と絶望の奥羽本線」

183 長崎駅殺人事件
カッパ・ノベルス／1991・7・31
光文社文庫／1994・8・20
光文社文庫【新装版】／2011・1・20
講談社文庫／2019・6・13

184 美女高原殺人事件
トクマ・ノベルズ／1991・8・31
徳間文庫／1993・11・15
講談社文庫／2000・5・15
徳間文庫【新装版】／2008・7・15

185 パリ・東京殺人ルート
C★NOVELS／1991・9・25
中公文庫／1995・2・18
集英社文庫／1998・8・25

186 十津川警部C11を追う
講談社ノベルス／1991・10・5
講談社文庫／1994・7・15
〈収録作品〉「二階座席の女」「十津川警部C11を追う」「北の廃駅で死んだ女」「死への近道列車」

187 十津川警部・怒りの追跡
ジョイ・ノベルス〈上下〉／1991・11・15
文春文庫〈上下〉／1995・1・10

188 尾道に消えた女
ノン・ノベル／1991・11・30
ノン・ポシェット／1995・3・1
光文社文庫／2002・3・20

189 紀勢本線殺人事件
カッパ・ノベルス／1991・11・30
光文社文庫／1994・10・20
文春文庫／2007・4・10

190 豪華特急トワイライト殺人事件
新潮社／1992・1・20
新潮社／1993・12・5
新潮文庫／1995・2・1

191 越後・会津殺人ルート
講談社ノベルス／1992・2・5
講談社文庫／1994・10・15
光文社文庫／2007・8・20

192 完全殺人
角川文庫／1992・5・25
祥伝社文庫／2015・4・20
〈収録作品〉「奇妙なラブ・レター」「幻の魚」「完全殺人」「殺しのゲーム」「アリバイ引受けます」「私は狙われている」「死者の告発」「焦点距離」

193 謎と殺意の田沢湖線
文藝春秋／1992・6・20
文春文庫／1994・6・10
新潮文庫／2005・8・1

〈収録作品〉「謎と殺意の田沢湖線」「謎と憎悪の陸羽東線」「謎と幻想の根室本線」「謎と絶望の東北本線」

194 夏は、愛と殺人の季節

カドカワノベルズ／1992・6・25
角川文庫／1995・8・25
双葉文庫／2012・7・15

195 五能線誘拐ルート

講談社ノベルス／1992・7・5
講談社文庫／1995・7・15

196 特急「あさま」が運ぶ殺意

カッパ・ノベルス／1992・7・30
光文社文庫／1995・8・20
〈収録作品〉「特急『あさま』が運ぶ殺意」「北への列車は殺意を乗せて」「SLに愛された死体」「北への危険な旅」

197 恋の十和田、死の猪苗代

C★NOVELS／1992・9・25
中公文庫／1995・5・18
角川文庫／2001・2・25

198 スーパーとかち殺人事件

トクマ・ノベルズ／1992・9・30
徳間文庫／1994・11・15
光文社文庫／2000・2・20

199 幻想と死の信越本線

集英社／1992・11・25
集英社文庫／1994・11・25
中公文庫／1999・8・18
集英社文庫【新装版】／2012・4・25
〈収録作品〉「阿蘇で死んだ刑事」「北の果ての殺意」「南紀　夏の終わりの殺人」「幻想と死の信越本線」

200 会津若松からの死の便り

トクマ・ノベルズ／1992・11・30
徳間文庫／1995・6・15
双葉文庫（改題『身代り殺人事件』）／1997・4・10

〈収録作品〉「会津若松からの死の便り」「日曜日には走らない」「下呂温泉で死んだ女」「身代り殺人事件」「残酷な季節」

201 恨みの陸中リアス線

講談社ノベルス／1992・12・5
講談社文庫／1996・4・15
〈収録作品〉「恨みの陸中リアス線」「新幹線個室の客」「急行アルプス殺人事件」「一日遅れのバースディ」

202 シベリア鉄道殺人事件

朝日新聞社／1993・1・1
カッパ・ノベルス／1995・2・28
講談社文庫／1996・1・15
朝日文芸文庫（朝日新聞社）／1996・12・1
光文社文庫／2007・2・20

203 山形新幹線「つばさ」殺人事件

カッパ・ノベルス／1993・1・30
光文社文庫／1995・12・20
講談社文庫／2013・6・14

204 危険な殺人者

角川文庫／1993・3・25
〈収録作品〉「病める心」「いかさま」「危険な遊び」「鍵穴の中の殺人」「目撃者」「でっちあげ」「硝子の遺書」

205 恋と裏切りの山陰本線

文藝春秋／1993・3・30
文春文庫／1995・4・10
〈収録作品〉「恋と復讐の徳島線」「恋と殺意ののと鉄道」「恋と裏切りの山陰本線」「恋と幻想の上越線」

206 鳥取・出雲殺人ルート

講談社ノベルス／1993・4・5
講談社文庫／1996・7・15
光文社文庫／2008・2・20

207 怒りの北陸本線

ジョイ・ノベルス／1993・5・25
徳間文庫／1998・6・15

光文社文庫／2004・11・20
十津川警部日本縦断長篇ベスト選集14／2012・1・31

208 九州新特急「つばめ」殺人事件
カッパ・ノベルス／1993・5・30
光文社文庫／1996・7・20
講談社文庫／2009・2・15

209 別府・国東殺意の旅
新潮社／1993・6・20
新潮文庫／1995・7・1
十津川警部日本縦断長篇ベスト選集34／2014・3・31
徳間文庫／2016・1・15

210 越後湯沢殺人事件
C★NOVELS／1993・8・25
中公文庫／1995・8・18
角川文庫／2000・5・25
十津川警部日本縦断長篇ベスト選集26／2013・6・30

211 伊豆・河津七滝に消えた女
カッパ・ノベルス／1993・10・25
光文社文庫／1996・9・20
〈収録作品〉「河津七滝に消えた女」「鬼怒川心中事件」「伊豆下田で消えた友へ」

212 尾道・倉敷殺人ルート
講談社ノベルス／1993・11・5
講談社文庫／1996・12・15
光文社文庫／2008・8・20
十津川警部日本縦断長篇ベスト選集38／2014・7・31

213 恨みの三保羽衣伝説
文藝春秋／1993・12・20
文春文庫／1996・1・10
〈収録作品〉「恨みの箱根仙石原」「恨みの箱根芦ノ湖」

「恨みの浜松防風林」「恨みの三保羽衣伝説」

214 **十津川警部、沈黙の壁に挑む**

カッパ・ノベルス／1994・1・25
光文社文庫／1996・12・20
文春文庫／2009・7・10

215 **特急ワイドビューひだ殺人事件**

トクマ・ノベルズ／1994・1・31
徳間文庫／1995・11・15
光文社文庫／2002・5・20
十津川警部日本縦断長篇ベスト選集10／2011・8・31

216 **諏訪・安曇野殺人ルート**

講談社ノベルス／1994・2・5
講談社文庫／1997・2・15
光文社文庫／2009・8・20

217 **北緯四三度からの死の予告**

カドカワノベルズ／1994・3・25
角川文庫／1996・9・25
徳間文庫／2012・3・15

218 **哀しみの北廃止線**

講談社ノベルス／1994・4・5
講談社文庫／1997・5・15
〈収録作品〉「小諸からの甘い殺意」「哀しみの北廃止線」「北の空に殺意が走る」「蔵王霧の中の殺人」

219 **雲仙・長崎殺意の旅**

ジョイ・ノベルス／1994・4・25
角川文庫／1997・5・25
中公文庫／2008・4・25
十津川警部日本縦断長篇ベスト選集31／2013・11・30

220 **奥能登に吹く殺意の風**

カッパ・ノベルス／1994・4・25
光文社文庫／1997・5・20
講談社文庫／2007・6・15

221 松島・蔵王殺人事件
トクマ・ノベルズ／1994・5・31
徳間文庫／1997・7・15
講談社文庫／2003・2・15
十津川警部日本縦断長篇ベスト選集17／2012・3・31

222 萩・津和野に消えた女
ノン・ノベル／1994・7・20
ノン・ポシェット／1997・2・20
双葉文庫／2002・8・20
十津川警部日本縦断長篇ベスト選集42／2014・11・30

223 ワイドビュー南紀殺人事件
C★NOVELS／1994・7・25
中公文庫／1996・8・18
角川文庫／2002・5・25

224 祖谷・淡路殺意の旅
新潮社／1994・7・30
新潮文庫／1995・12・1
中公文庫／2017・2・25

225 十津川警部の標的
カッパ・ノベルス／1994・9・25
光文社文庫／1997・9・20
〈収録作品〉「十津川警部の標的」「十津川警部いたちを追う」「十津川、民謡を唄う」

226 謀殺の四国ルート
ジョイ・ノベルス／1994・11・25
角川文庫／1998・5・25
祥伝社文庫／2013・7・30
〈収録作品〉「謀殺の四国ルート」「予告されていた殺人」「城崎にて、死」「十津川警部の休暇」

227 伊豆海岸殺人ルート
講談社ノベルス／1994・12・5
講談社文庫／1997・10・15

光文社文庫／2010・8・20

228 特急「しなの21号」殺人事件

トクマ・ノベルズ／1995・2・28
徳間文庫／1998・10・15
光文社文庫／2005・8・20

229 愛と悲しみの墓標

読売新聞社／1995・3・16
文春文庫／1997・4・10
光文社文庫／2011・3・20

230 雨の中に死ぬ

角川文庫／1995・3・25
〈収録作品〉「雨の中に死ぬ」「老人の牙」「死んで下さい」「浮気の果て」「殺意の季節」「誘拐の季節」

231 倉敷から来た女

講談社ノベルス／1995・4・5
講談社文庫／1998・1・15
〈収録作品〉「倉敷から来た女」「初夏の海に死ぬ」「殺しの風が南へ向う」「事件の裏側」

232 特急しおかぜ殺人事件

カドカワノベルズ／1995・4・25
角川文庫／1997・10・25
中公文庫／2005・2・25
十津川警部日本縦断長篇ベスト選集11／2011・9・30

233 恐怖の海 東尋坊

文藝春秋／1995・6・20
文春文庫／1997・12・10
〈収録作品〉「恐怖の海 東尋坊」「恐怖の湖富士西湖」「恐怖の清流昇仙峡」「恐怖の橋つなぎ大橋」

234 十津川警部の抵抗

カッパ・ノベルス／1995・6・25
光文社文庫／1998・9・20
文春文庫／2008・7・10

235 殺人者は北へ向かう
ノン・ノベル／1995・7・20
祥伝社文庫／1999・7・20
双葉文庫／2003・12・9
236 丹後　殺人迷路
新潮社／1995・9・15
新潮文庫／1997・1・1
237 仙台駅殺人事件
カッパ・ノベルス／1995・9・25
光文社文庫／1999・12・20
光文社文庫【新装版】／2011・2・20
238 陸中海岸殺意の旅
ジョイ・ノベルス／1995・9・25
角川文庫／1999・4・25
中公文庫／2009・8・25
239 東京・山形殺人ルート
講談社ノベルス／1995・11・5
講談社文庫／1998・6・15
光文社文庫／2011・9・20
240 十津川警部 雪と戦う
C★NOVELS／1995・11・25
中公文庫／1998・12・18
角川文庫／2004・2・25
241 浅草偏奇館の殺人
文藝春秋／1996・3・1
文藝春秋／1998・2・10
文春文庫／2000・1・10
242 九州特急「ソニックにちりん」殺人事件
カッパ・ノベルス／1996・6・25
光文社文庫／1999・9・20
講談社文庫／2009・6・15
243 十津川警部「友への挽歌」
文藝春秋／1996・7・1
文春文庫／1998・12・10

光文社文庫／2009・2・20

244 南紀白浜殺人事件

トクマ・ノベルズ／1996・9・30

徳間文庫／1999・10・15

ハルキ文庫（角川春樹事務所）／2007・2・18

245 猿が啼くとき人が死ぬ

新潮社／1996・10・15

新潮文庫／1998・6・1

文春文庫／2006・4・10

246 日本のエーゲ海、日本の死

カドカワノベルズ／1996・12・25

角川文庫／2000・11・25

祥伝社文庫／2010・3・20

247 青に染まる死体 勝浦温泉

文藝春秋／1997・1・15

文春文庫／1999・8・10

〈収録作品〉「愛と死　草津温泉」「友の消えた熱海温泉」「青に染まる死体 勝浦温泉」「偽りの季節　伊豆長岡温泉」

248 高山本線殺人事件

カッパ・ノベルス／1997・2・5

光文社文庫／2000・8・20

講談社文庫／2010・2・13

249 秘めたる殺人

双葉社／1997・4・10

FUTABA NOVELS／1998・9・25

双葉文庫／2000・6・20

〈収録作品〉「雪は死の粧い」「九時三十分の殺人」「私を殺さないで」「死へのワンショット」「秘めたる殺人」

250 北陸の海に消えた女

講談社ノベルス／1997・6・5

講談社文庫／1999・10・15

〈収録作品〉「目撃者たち」「NO.200の女」「箱根を越えた死」「北陸の海に消えた女」

251 野猿殺人事件

文藝春秋／1997・7・10

文春文庫／2000・6・10

〈収録作品〉「白鳥殺人事件」「野猿殺人事件」「野良猫殺人事件」「愛犬殺人事件」

252 在原業平殺人事件

C★NOVELS／1997・7・25

中公文庫／1999・10・18

角川文庫／2003・1・25

※山村美紗との共著

253 海辺の悲劇

双葉社／1997・7・25

FUTABA NOVELS／1998・11・25

双葉文庫／2001・5・20

〈収録作品〉「夜の終り」「私刑」「死を呼ぶトランク」「海辺の悲劇」「アリバイ」

254 出雲 神々への愛と恐れ

トクマ・ノベルズ／1997・9・30

徳間文庫／2000・4・15

ハルキ文庫／2007・5・18

十津川警部日本縦断長篇ベスト選集15／2012・2・29

徳間文庫【新装版】／2014・9・15

255 十津川警部 千曲川に犯人を追う

講談社ノベルス／1997・10・5

講談社文庫／2000・7・15

光文社文庫／2011・11・20

256 伊豆誘拐行

カッパ・ノベルス／1997・11・25

光文社文庫／2000・12・20

講談社文庫／2010・10・15

257 南伊豆殺人事件

ジョイ・ノベルス／1997・11・25

徳間文庫／2001・1・15

講談社文庫／2014・2・14

258 海を渡った愛と殺意

ジョイ・ノベルス／1998・1・20

祥伝社文庫／2000・7・20

〈収録作品〉「越前殺意の岬」「EF63型機関車の証言」「海を渡った愛と殺意」

259 夜が待っている

角川文庫／1998・1・25

〈収録作品〉「女をさがせ」「夜が待っている」「赤いハトが死んだ」「愛の詩集」「死の予告」「夜の秘密」

260 秋田新幹線「こまち」殺人事件

カッパ・ノベルス／1998・2・25

光文社文庫／2001・5・20

講談社文庫／2011・6・15

261「雪国」殺人事件

C★NOVELS／1998・2・25

中公文庫／2000・11・25

小学館文庫（小学館）／2003・12・1

262 神戸 愛と殺意の街

新潮社／1998・3・20

新潮文庫／2000・2・1

中公文庫／2018・2・25

263 失踪計画

角川文庫／1998・3・25

〈収録作品〉「失踪計画」「くたばれ草加次郎」「裏切りの果て」「うらなり出世譚」「夜にうごめく」「第六太平丸の殺人」「死刑囚」

264 十津川警部 白浜へ飛ぶ

講談社ノベルス／1998・4・5

講談社文庫／2001・4・15

〈収録作品〉「処刑の日」「絵の中の殺人」「十津川警部の苦悩」「十津川警部 白浜へ飛ぶ」

265 伊豆下賀茂で死んだ女

ノン・ノベル／1998・7・20

祥伝社文庫／2001・9・10
角川文庫／2005・1・25

266 十津川警部の試練

カッパ・ノベルス／1998・7・30
光文社文庫／2001・9・20
〈収録作品〉「午後の悪魔」「北の女が死んだ」「警官嫌い」「若い刑事への鎮魂歌」

267 十津川警部 海の挽歌

ハルキ・ノベルス（角川春樹事務所）／1998・8・8
ハルキ文庫／1999・7・18
徳間文庫／2006・10・15
十津川警部日本縦断長篇ベスト選集05／2011・3・31

268 冬休みの誘拐、夏休みの殺人

C★NOVELS／1998・8・25
中公文庫／2001・2・25
小学館文庫／2004・4・1
〈収録作品〉「その石を消せ！」「まぼろしの遺産」「白い時間を追え」

269 闇を引き継ぐ者

カドカワ・エンタテインメント（角川書店）／1998・8・25
角川文庫／2001・9・25
祥伝社文庫／2010・7・25

270 十津川警部北陸を走る

トクマ・ノベルズ／1998・8・31
徳間文庫／2001・10・15
ハルキ文庫／2007・9・18

271 上越新幹線殺人事件

講談社ノベルス／1998・10・5
講談社文庫／2001・7・15
光文社文庫／2012・3・20

272 JR周遊殺人事件

KōYōNOVELS／1998・11・20

徳間文庫／2001・4・15
ワンツーポケットノベルス（ワンツーマガジン社）
／2003・9・20
双葉文庫／2015・7・19
〈収録作品〉「北の果ての殺意」「北への列車は殺意を乗せて」「イベント列車を狙え」「日曜日には走らない」「恋と復讐の徳島線」「神話の国の殺人」

273 城崎にて、殺人
C★NOVELS／1998・11・25
中公文庫／2001・12・20
角川文庫／2005・8・25
十津川警部日本縦断長篇ベスト選集30／2013・10・31

274 東京・松島殺人ルート
カッパ・ノベルス／1998・11・25
光文社文庫／2002・8・20
講談社文庫／2011・2・15

275 桜の下殺人事件
FUTABA NOVELS／1998・12・20
双葉文庫／2000・10・12
祥伝社文庫／2002・9・10
十津川警部日本縦断長篇ベスト選集45／2015・4・30

276 十津川警部の事件簿
トクマ・ノベルズ／1998・12・31
徳間文庫／2001・6・15
〈収録作品〉「甘い殺意」「危険な賞金」「白いスキャンダル」「戦慄のライフル」「白い罠」「死者に捧げる殺人」

277 知多半島殺人事件
ジョイ・ノベルス／1999・1・25
文春文庫／2002・2・10
光文社文庫／2012・12・20

278 石狩川殺人事件
文藝春秋／1999・2・10

文春文庫／2001・6・10
〈収録作品〉「最上川殺人事件」「日高川殺人事件」「長良川殺人事件」「石狩川殺人事件」

279 京都 恋と裏切りの嵯峨野
新潮社／1999・3・20
新潮文庫／2001・4・1
中公文庫／2015・7・25

280 北への殺人ルート
講談社ノベルス／1999・4・5
講談社文庫（改題『十津川警部みちのくで苦悩する』）／2002・3・15
〈収録作品〉「十津川警部みちのくで苦悩する」「北への殺人ルート」「甦る過去」「冬の殺人」

281 西伊豆 美しき殺意
読売新聞社／1999・4・18
中公文庫／2001・8・25
徳間文庫／2005・1・15
十津川警部日本縦断長篇ベスト選集16／2012・3・31

282 河津・天城連続殺人事件
C★NOVELS（中央公論新社）／1999・4・25
中公文庫／2002・6・25
集英社文庫／2005・4・25
〈収録作品〉「河津・天城連続殺人事件」「黒部トロッコ列車の死」「週末の殺意」「一千万円のアリバイ」

283 十津川刑事の肖像
トクマ・ノベルズ／1999・4・30
徳間文庫／2002・1・15
双葉文庫／2016・3・13
〈収録作品〉「危険な判決」「回春連盟」「第二の標的」「一千万人誘拐計画」「人探しゲーム」

284 十津川警部 赤と青の幻想
文藝春秋／1999・6・30
文春文庫／2001・11・10

光文社文庫／2012・8・20

285 十津川警部 十年目の真実

ノン・ノベル／1999・7・20

祥伝社文庫／2002・2・20

双葉文庫／2009・5・17

286 十津川警部 風の挽歌

ハルキ・ノベルス／1999・8・28

ハルキ文庫／2000・7・18

徳間文庫／2007・1・15

十津川警部日本縦断長篇ベスト選集22／2012・10・31

287 十津川警部の死闘

カッパ・ノベルス／1999・9・25

光文社文庫／2002・12・20

〈収録作品〉「心中プラス１」「処刑のメッセージ」「加賀温泉郷の殺人遊戯」「特別室の秘密」

288 夜行列車の女

トクマ・ノベルズ／1999・9・30

徳間文庫／2002・6・25

中公文庫／2008・8・25

十津川警部日本縦断長篇ベスト選集39／2014・8・31

289 東京—旭川殺人ルート

ジョイ・ノベルス／1999・10・25

集英社文庫／2002・4・25

中公文庫／2006・8・25

〈収録作品〉「北の空　悲しみの唄」「東京—旭川殺人ルート」「雪の石塀小路に死ぬ」

290 南九州殺人迷路

C★NOVELS／1999・10・25

中公文庫／2002・12・25

角川文庫／2006・1・25

291 私を殺しに来た男

角川文庫／1999・10・25

祥伝社文庫／2018・3・20
〈収録作品〉「事件の裏で」「私を殺しに来た男」「見張られた部屋」「死者が時計を鳴らす」「扉の向うの死体」「サヨナラ死球」「トレードは死」「審判員工藤氏の復讐」「愛」「小説マリー・セレスト号の悲劇」

292 紀伊半島殺人事件
FUTABA NOVELS／1999・12・10
双葉文庫／2001・10・16
祥伝社文庫／2003・9・10

293 伊勢志摩殺意の旅
ジョイ・ノベルス／2000・1・25
双葉文庫／2002・5・20
角川文庫／2006・7・25

294 京都駅殺人事件
カッパ・ノベルス／2000・2・29
光文社文庫／2003・5・20
光文社文庫【新装版】／2011・4・20
講談社文庫／2017・6・15

295 箱根 愛と死のラビリンス
新潮社／2000・3・20
新潮文庫／2002・1・1
徳間文庫／2017・1・15

296 下田情死行
文藝春秋／2000・3・30
文春文庫／2002・6・10
〈収録作品〉「殺し屋Aの記録」「タイムカプセル奪取計画」「阿蘇幻死行」「下田情死行」「道後温泉で死んだ女」

297 四国情死行
講談社ノベルス／2000・4・5
講談社文庫／2003・4・15
〈収録作品〉「配達するのは死」「死を運ぶ運転手」「四国情死行」「能登八キロの罠」

298 狙われた男
トクマ・ノベルズ／2000・4・30

徳間文庫／2002・10・15
祥伝社文庫／2016・7・20
〈収録作品〉「狙われた男」「危険な男」「危険なヌード」「危険なダイヤル」「危険なスポットライト」

299 女流作家
朝日新聞社／2000・5・1
朝日文庫（朝日新聞社）／2002・8・1

300 殺意の青函トンネル
ノン・ノベル／2000・7・20
祥伝社文庫／2003・2・20
双葉文庫／2010・9・19

301 十津川警部「裏切り」
カドカワ・エンタテインメント／2000・7・25
角川文庫／2003・10・25
中公文庫／2010・7・25

302 十津川警部 長良川に犯人を追う
カッパ・ノベルス／2000・8・30
光文社文庫／2003・11・20
講談社文庫／2012・6・15

303 寝台特急カシオペアを追え
トクマ・ノベルズ／2000・8・31
徳間文庫／2003・6・15
祥伝社文庫／2009・2・20

304 十津川警部 殺しのトライアングル
ハルキ・ノベルス／2000・10・8
ハルキ文庫／2001・5・18
徳間文庫／2007・4・15
十津川警部日本縦断長篇ベスト選集29／2013・9・30

305 華やかな殺意　西村京太郎自選集①
トクマ・ノベルズ／2000・10・31
徳間文庫／2004・4・15
〈収録作品〉「病める心」「歪んだ朝」「美談崩れ」「優しい脅迫者」「南神威島」

306 十津川警部 愛と死の伝説
講談社ノベルス〈上下〉／2000・11・5
講談社文庫〈上下〉／2003・10・15
光文社文庫〈上下〉／2013・8・20
307 麗しき疑惑　西村京太郎自選集②
トクマ・ノベルズ／2000・11・30
徳間文庫／2004・4・15
〈収録作品〉「白い殉教者」「アンドロメダから来た男」「首相暗殺計画」「新婚旅行殺人事件」
308 能登半島殺人事件
FUTABA NOVELS／2000・12・15
双葉文庫／2002・10・15
祥伝社文庫／2007・2・20
309 由布院心中事件
C★NOVELS／2000・12・15
中公文庫／2003・12・25
徳間文庫／2007・11・15
310 金沢加賀殺意の旅
ジョイ・ノベルス／2001・1・25
角川文庫／2004・4・25
双葉文庫／2014・11・16
311 祭りの果て、郡上八幡
文藝春秋／2001・2・10
文春文庫／2003・9・10
光文社文庫／2015・8・20
312 災厄の「つばさ」121号
新潮社／2001・3・20
新潮文庫／2003・2・1
313 竹久夢二 殺人の記
講談社ノベルス／2001・4・5
講談社文庫／2004・3・15
光文社文庫／2014・8・20
314 空白の時刻表　西村京太郎自選集③鉄道ミステリー編
トクマ・ノベルズ／2001・4・30

徳間文庫／2004・6・15

〈収録作品〉「おおぞら3号殺人事件」「死への旅『奥羽本線』」「ATC作動せず（L特急『わかしお』殺人事件）」「急行『だいせん』殺人事件」「殺意を運ぶ列車」「復讐のスイッチ・バック」

315 歪んだ朝

角川文庫／2001・5・25

〈収録作品〉「歪んだ朝」「黒の記憶」「蘇える過去」「夜の密戯」「優しい脅迫者」

316 愛の伝説・釧路湿原

カッパ・ノベルス／2001・5・30

光文社文庫／2004・5・20

講談社文庫／2013・2・15

317 十津川警部　ある女への挽歌

小学館／2001・8・10

小学館文庫（改題『十津川警部「ある女への挽歌」』）／2003・8・1

中公文庫（改題『十津川警部「ある女への挽歌」』）／2006・4・25

〈収録作品〉「ある女への挽歌」「三人目の女」「依頼人は死者」

318 東京発ひかり147号

ノン・ノベル／2001・9・10

祥伝社文庫／2004・2・20

徳間文庫／2008・12・15

319 しまなみ海道追跡ルート

トクマ・ノベルズ／2001・9・30

徳間文庫／2004・10・15

祥伝社文庫／2010・2・20

320 十津川警部 帰郷・会津若松

講談社ノベルス／2001・11・5

講談社文庫／2004・9・15

光文社文庫／2014・12・20

321 十津川警部「射殺」
カドカワ・エンタテインメント／2001・11・25
角川文庫／2004・10・25
中公文庫／2011・8・25
322 愛と復讐の桃源郷
FUTABA NOVELS／2001・12・10
双葉文庫／2003・9・20
角川文庫／2007・5・25
323 焦げた密室
幻冬舎ノベルス（幻冬舎）／2001・12・15
幻冬舎文庫（幻冬舎）／2003・4・15
324 十津川警部「狂気」
C★NOVELS／2001・12・15
中公文庫／2004・12・20
角川文庫／2010・3・25
325 松本美ヶ原殺意の旅
ジョイ・ノベルス／2002・1・25
祥伝社文庫／2005・2・20
徳間文庫／2009・11・15
326 風の殺意・おわら風の盆
文藝春秋／2002・2・15
文春文庫／2004・9・10
光文社文庫／2016・8・20
327 裏切りの特急サンダーバード
新潮社／2002・3・20
新潮文庫／2004・2・1
祥伝社文庫／2015・9・5
328 十津川警部 ロマンの死、銀山温泉
カッパ・ノベルス／2002・5・25
光文社文庫／2005・5・20
文春文庫／2011・6・10
329 十津川警部 影を追う
トクマ・ノベルズ／2002・6・30
徳間文庫／2005・4・15

中公文庫／2013・7・25

330 金沢歴史の殺人

FUTABA NOVELS／2002・7・16

双葉文庫／2004・7・20

祥伝社文庫／2008・2・20

331 十七年の空白

ジョイ・ノベルス／2002・7・25

祥伝社文庫／2004・9・10

〈収録作品〉「十七年の空白」「見知らぬ時刻表」「青函連絡船から消えた」「城崎にて、死」「琵琶湖周遊殺人事件」

332 日本列島殺意の旅　西村京太郎自選集④旅情ミステリー編

トクマ・ノベルズ／2002・8・31

徳間文庫／2004・8・15

〈収録作品〉「恐怖の橋　つなぎ大橋」「十津川警部の休暇」「LAより哀をこめて」「南紀　夏の終わりの殺人」「越前殺意の岬」

333 十津川警部「初恋」

ノン・ノベル／2002・9・5

祥伝社文庫／2006・9・10

徳間文庫／2017・10・15

334 十津川警部 姫路・千姫殺人事件

講談社ノベルス／2002・10・5

講談社文庫／2005・10・15

光文社文庫／2016・2・20

335 薔薇の殺人

FUTABA NOVELS／2002・11・25

双葉文庫／2004・10・20

〈収録作品〉「薔薇の殺人」「十和田湖の女」「夜の秘密」「危険な肉体」「或る証言」「306号室の女」「25時の情婦」「病める心」

336 十津川警部「標的」

カドカワ・エンタテインメント／2002・12・5

角川文庫／2005・10・25

徳間文庫／2012・5・15

337 愛と殺意の津軽三味線

C★NOVELS／2002・12・20

中公文庫／2005・12・20

角川文庫／2011・4・25

338 天下を狙う

角川文庫／2003・1・25

〈収録作品〉「天下を狙う」「真説宇都宮釣天井」「権謀術策」「維新の若者たち」「徳川王朝の夢」

339 十津川警部「ダブル誘拐」

ジョイ・ノベルス／2003・1・25

集英社文庫／2006・4・25

徳間文庫／2013・4・15

340 祭ジャック・京都祇園祭

文藝春秋／2003・2・15

文春文庫／2005・9・10

光文社文庫／2017・7・15

341 十津川警部の休日

トクマ・ノベルズ／2003・2・28

徳間文庫／2005・6・15

〈収録作品〉「友の消えた熱海温泉」「河津七滝に消えた女」「神話の国の殺人」「信濃の死」

双葉文庫／2015・11・15

342 失踪

文芸ポストnovels（小学館）／2003・3・20

小学館文庫／2005・8・1

中公文庫／2007・4・25

343 松山・道後 十七文字の殺人

新潮社／2003・3・20

新潮文庫／2005・2・1

344 新・寝台特急殺人事件

カッパ・ノベルス／2003・4・20

光文社文庫／2006・5・20

文春文庫／2013・6・10

345 明日香・幻想の殺人
トクマ・ノベルズ／2003・5・31
徳間文庫／2005・10・15
十津川警部日本縦断長篇ベスト選集18／2012・5・31
集英社文庫／2013・4・25

346 仙台・青葉の殺意
FUTABA NOVELS／2003・6・20
双葉文庫／2005・5・20
角川文庫／2012・1・25

347 熱海・湯河原殺人事件
C★NOVELS／2003・6・25
中公文庫／2006・12・20
十津川警部日本縦断長篇ベスト選集40／2014・9・30
徳間文庫／2016・8・15

348 三年目の真実
FUTABA NOVELS／2003・8・15
双葉文庫／2005・2・20
〈収録作品〉「三年目の真実」「夜の脅迫者」「変身」「アリバイ引受けます」「海の沈黙」「所得倍増計画」「裏切りの果て」「相銀貸金庫盗難事件」

349 十津川警部「家族」
ノン・ノベル／2003・9・10
祥伝社文庫／2007・9・5
双葉文庫（改題『家族』）／2019・3・17

350 十津川警部捜査行——北の事件簿
ジョイ・ノベルス（有楽出版社）／2003・9・25
双葉文庫（改題『北海道殺人ガイド』）／2004・11・20
角川文庫（改題『北海道殺人ガイド』）／2013・5・25
〈収録作品〉「殺意の『函館本線』」「北の果ての殺意」「哀しみの北廃止線」「愛と裏切りの石北本線」「最果て

のブルートレイン」

351 十津川警部「荒城の月」殺人事件

講談社ノベルス／2003・10・5

講談社文庫／2006・11・15

光文社文庫／2017・2・20

352 十津川警部「告発」

角川書店／2003・11・30

角川文庫／2006・10・25

双葉文庫（改題『告発』）／2013・11・17

353 上海特急殺人事件

実業之日本社／2004・1・25

集英社文庫／2007・4・25

354 十津川警部の青春

トクマ・ノベルズ／2004・1・31

徳間文庫／2006・1・15

〈収録作品〉「十津川警部の怒り」「特急『富士』殺人事件」「江ノ電の中の目撃者」「スーパー特急『かがやき』の殺意」

355 鎌倉・流鏑馬神事の殺人

文藝春秋／2004・2・15

文春文庫／2006・9・10

角川文庫／2019・5・25

356 十津川警部の回想

トクマ・ノベルズ／2004・2・29

徳間文庫／2006・4・15

〈収録作品〉「甦る過去」「特急『あさしお3号』殺人事件」「十津川警部の困惑」「新幹線個室の客」

357 出雲神々の殺人

FUTABA NOVELS／2004・3・20

双葉文庫／2006・3・20

角川文庫／2013・3・25

358 東京湾アクアライン十五・一キロの罠

新潮社／2004・3・20

新潮文庫／2006・2・1

359 十津川警部「目撃」

ジョイ・ノベルス（有楽出版社）／2004・4・15

双葉文庫／2006・5・20

角川文庫／2014・1・25

360 東北新幹線「はやて」殺人事件

カッパ・ノベルス／2004・4・25

光文社文庫／2007・5・20

文春文庫／2014・6・10

361 男鹿・角館殺しのスパン

トクマ・ノベルズ／2004・5・31

徳間文庫／2006・6・15

文春文庫／2012・6・10

362 誘拐の季節

FUTABA NOVELS／2004・6・15

双葉文庫／2016・1・17

〈収録作品〉「誘拐の季節」「女が消えた」「拾った女」「女をさがせ」「失踪計画」「血の挑戦」

363 十津川警部捜査行――みちのく事件簿

ジョイ・ノベルス（有楽出版社）／2004・7・25

双葉文庫／2005・7・20

〈収録作品〉「死体は潮風に吹かれて」「北への殺人ルート」「最上川殺人事件」「謎と憎悪の陸羽東線」「裏磐梯殺人ルート」

角川文庫／2016・1・25

364 十津川警部推理行

双葉社／2004・8・5

双葉文庫／2017・1・15

〈収録作品〉「夜の殺人者」「白いスキャンダル」「戦慄のライフル」「白い罠」「死者に捧げる殺人」

365 夜の狙撃

FUTABA NOVELS／2004・8・20

双葉文庫／2013・1・13

〈収録作品〉「夜の狙撃」「くたばれ草加次郎」「目撃者を消せ」「うらなり出世譚」「私は狙われている」「いか

さま」「雨の中に死ぬ」「死んで下さい」

366 十津川警部「故郷」

ノン・ノベル／2004・8・30

祥伝社文庫／2008・9・10

徳間文庫／2018・12・15

367 十津川警部「悪夢」通勤快速の罠

講談社ノベルス／2004・10・5

講談社文庫／2008・2・15

光文社文庫／2018・2・20

368 兇悪な街

文芸ポストnovels／2004・10・20

小学館文庫／2006・11・1

369 十津川警部「記憶」

カドカワ・エンタテインメント／2004・11・20

角川文庫／2007・10・25

双葉文庫（改題『記憶』）／2015・9・13

370 十津川警部捜査行——北陸事件簿

ジョイ・ノベルス（有楽出版社）／2004・11・25

双葉文庫／2005・11・20

角川文庫／2015・3・25

〈収録作品〉「とき403号で殺された男」「夜行列車『日本海』の謎」「加賀温泉郷の殺人遊戯」「恋と殺意ののと鉄道」「能登八キロの罠」

371 十津川警部 五稜郭殺人事件

講談社ノベルス／2004・12・5

講談社文庫／2008・6・15

372 十津川警部「オキナワ」

カッパ・ノベルス／2004・12・20

光文社文庫／2008・5・20

文春文庫／2015・6・10

373「スーパー隠岐」殺人特急

ジョイ・ノベルス／2005・1・25

集英社文庫（改題『十津川警部「スーパー隠岐」殺人特急』）／2008・4・25

徳間文庫（改題『十津川警部「スーパー隠岐」殺人特急』）／2015・5・15

374 九州新幹線「つばめ」誘拐事件

トクマ・ノベルズ／2005・1・31

徳間文庫／2007・6・15

十津川警部日本縦断長篇ベスト選集04／2011・2・28

集英社文庫／2014・4・25

375 青森ねぶた殺人事件

文藝春秋／2005・2・10

文春文庫／2007・9・10

角川文庫／2020・5・25

376 十津川警部「生命」

ジョイ・ノベルス〈上下〉（有楽出版社）／2005・3・10

双葉文庫〈上下〉／2007・3・20

中公文庫〈上下〉／2012・8・25

377 高知・龍馬殺人街道

新潮社／2005・3・20

新潮文庫／2007・2・1

378 青い国から来た殺人者

カッパ・ノベルス／2005・3・30

光文社文庫／2008・11・20

講談社文庫（改題『十津川警部 青い国から来た殺人者』）／2014・6・13

379 西村京太郎の麗しき日本、愛しき風景─わが創作と旅を語る

文芸社／2005・4・14

380 神話の里殺人事件

FUTABA NOVELS／2005・4・20

双葉文庫／2008・5・20

角川文庫／2015・1・25

381 十津川警部SLを追う！

トクマ・ノベルズ／2005・5・31

徳間文庫／2007・8・15

〈収録作品〉「展望車殺人事件」「鎮魂の表示板が走っ

た」「SLに愛された死体」「十津川警部C11を追う」

382 京都感情案内

C★NOVELS〈上下〉／2005・6・25

中公文庫〈上下〉／2007・12・20

双葉文庫／2012・11・18

383 十津川警部 哀しみの余部鉄橋

文芸ポストnovels／2005・7・1

小学館文庫／2007・7・11

双葉文庫（改題『哀しみの余部鉄橋』）／2019・1・13

〈収録作品〉「十津川、民謡を唄う」「北の空　悲しみの唄」「北への殺人ルート」「哀しみの余部鉄橋」

384 小樽 北の墓標

毎日新聞社／2005・7・20

徳間文庫／2010・10・15

小学館文庫／2015・6・10

385 十津川警部捜査行——伊豆箱根事件簿

ジョイ・ノベルス（有楽出版社）／2005・7・25

双葉文庫／2006・7・20

実業之日本社文庫／2017・6・15

〈収録作品〉「伊豆下田で消えた友へ」「お座敷列車殺人事件」「箱根を越えた死」「殺意を運ぶあじさい列車」「恨みの箱根仙石原」

386 十津川警部「子守唄殺人事件」

ノン・ノベル／2005・9・10

祥伝社文庫／2009・9・5

双葉文庫（改題『「子守唄殺人事件」』）／2020・1・19

387 脅迫者

FUTABA NOVELS／2005・9・20

双葉文庫／2013・9・15

〈収録作品〉「脅迫者」「赤いハトが死んだ」「死を運ぶ車」「夜が待っている」「女に気をつけろ」「女とダイヤモンド」「女と逃げろ」「浮気の果て」

388 **十津川警部 湖北の幻想**
講談社ノベルス／2005・10・5
講談社文庫／2008・10・15
角川文庫／2018・1・25
389 **十津川警部捜査行――愛と哀しみの信州**
ジョイ・ノベルス（有楽出版社）／2005・11・25
双葉文庫／2006・11・20
〈収録作品〉「白鳥殺人事件」「小諸からの甘い殺意」「信濃の死」「ヨコカル11.2キロの殺意」「スキー列車殺人事件」
徳間文庫／2017・7・15
390 **湖西線12×4の謎**
カドカワ・エンタテインメント／2005・11・30
角川文庫／2008・10・25
十津川警部日本縦断長篇ベスト選集28／2013・8・31
徳間文庫／2014・11・15
391 **韓国新幹線を追え**
カッパ・ノベルス／2005・12・20
光文社文庫／2009・5・20
講談社文庫／2016・2・13
392 **外房線60秒の罠**
実業之日本社／2006・1・25
徳間文庫／2009・4・15
十津川警部日本縦断長篇ベスト選集37／2014・6・30
集英社文庫／2017・4・25
393 **草津逃避行**
トクマ・ノベルズ／2006・1・31
徳間文庫／2008・1・15
394 **十津川警部、海峡をわたる 春香伝物語**
文藝春秋／2006・2・10
文春文庫／2008・12・10

395 三河恋唄
FUTABA NOVELS／2006・2・25
双葉文庫／2009・1・18
角川文庫（改題『十津川警部　三河恋唄』）／2015・5・25
396 十津川警部 特急「雷鳥」蘇る殺意
集英社／2006・3・8
集英社文庫／2007・12・20
徳間文庫／2014・5・15
397 五能線の女
新潮社／2006・3・20
新潮文庫／2008・2・1
398 十津川警部捜査行――古都に殺意の風が吹く
ジョイ・ノベルス（有楽出版社）／2006・3・25
双葉文庫／2007・5・20
〈収録作品〉「冬の殺人」「雪の石塀小路に死ぬ」「琵琶湖周遊殺人事件」「列車プラス・ワンの殺人」「振り子電車殺人事件」
徳間文庫／2018・3・15
399 十津川村 天誅殺人事件
文芸ポストnovels／2006・5・20
小学館文庫／2008・3・11
双葉社／2016・4・17
400 北への逃亡者
C★NOVELS／2006・5・25
中公文庫／2008・12・20
徳間文庫／2013・1・15
401 十津川警部捜査行――神話と殺意の中国路
ジョイ・ノベルス（有楽出版社）／2006・7・25
双葉文庫／2007・7・20
〈収録作品〉「再婚旅行殺人事件」「十津川警部『いたち』を追う」「潮風にのせた死の便り」「マスカットの証言」「関門三六〇〇メートル」

402 十津川警部 湯けむりの殺意
トクマ・ノベルズ／2006・7・31
徳間文庫／2008・4・15
双葉文庫／2016・7・17
〈収録作品〉「道後温泉で死んだ女」「黒部トロッコ列車の死」「城崎にて、死」「恐怖の清流昇仙峡」「下呂温泉で死んだ女」

403 夜行快速えちご殺人事件
ノン・ノベル／2006・9・10
祥伝社文庫／2010・9・25
徳間文庫／2020・2・15

404 危険な遊び
FUTABA NOVELS／2006・9・20
双葉文庫／2014・1・12
〈収録作品〉「死刑囚」「夜の秘密」「老人の牙」「殺意の季節」「危険な遊び」「硝子の遺書」

405 十津川警部 幻想の信州上田
講談社ノベルス／2006・10・5
講談社文庫／2009・10・15
光文社文庫／2018・11・20

406 十津川警部捜査行——愛と絶望の瀬戸内海流
ジョイ・ノベルス（有楽出版社）／2006・11・25
双葉文庫／2007・11・20
〈収録作品〉「阿波鳴門殺人事件」「海を渡る殺意」「恋と復讐の徳島線」「謀殺の四国ルート」

407 十津川警部「幻覚」
カドカワ・エンタテインメント／2006・11・30
角川文庫／2009・9・25
講談社文庫／2018・2・15

408 華の棺
朝日新聞社／2006・11・30
朝日文庫／2009・4・30

409 北リアス線の天使
カッパ・ノベルス／2006・12・20

光文社文庫／2010・5・20
講談社文庫／2016・6・15

410 若狭・城崎殺人ルート

ジョイ・ノベルス／2007・1・25
実業之日本社文庫／2019・10・15

411 羽越本線 北の追跡者

トクマ・ノベルズ／2007・1・31
徳間文庫／2008・10・15
新潮文庫／2013・10・1

412 遠野伝説殺人事件

文藝春秋／2007・2・15
文春文庫／2009・12・10

413 日光・鬼怒川殺人ルート

FUTABA NOVELS／2007・2・20
双葉文庫（改題『日光鬼怒川殺人ルート』）／2010・1・10
小学館文庫（改題『日光鬼怒川殺人ルート』）／2016・5・12

414 十津川警部　湘南アイデンティティ

文芸ポストnovels／2007・3・1
小学館文庫／2009・5・13
双葉文庫（改題『湘南アイデンティティ』）／2018・1・14

415 十津川警部 幻想の天橋立

集英社／2007・3・10
集英社文庫／2008・12・20
徳間文庫／2016・4・15

416 知床 望郷の殺意

新潮社／2007・3・20
新潮文庫／2009・2・1

417 十津川警部捜査行――阿蘇・やまなみ殺意の車窓

ジョイ・ノベルス（有楽出版社）／2007・3・25
双葉文庫／2008・3・20
実業之日本社文庫（改題『十津川警部捜査行　阿

蘇・鹿児島　殺意の車窓』）／2018・4・15
〈収録作品〉「阿蘇で死んだ刑事」「阿蘇幻死行」「小さな駅の大きな事件」「ある刑事の旅」「西の終着駅の殺人」

418 北の秘密

C★NOVELS／2007・4・25
中公文庫（改題『十津川警部　時効なき殺人』）／2009・12・25
新潮文庫（改題『十津川警部　時効なき殺人』）／2016・8・1

419 十津川警部 愛憎の街東京

トクマ・ノベルズ／2007・6・30
徳間文庫／2009・6・15
双葉文庫／2017・3・19
〈収録作品〉「夜が殺意を運ぶ」「警官嫌い」「No.200の女」「殺し屋Aの記録」「週末の殺意」

420 十津川警部捜査行——恋と哀しみの北の大地

ジョイ・ノベルス（有楽出版社）／2007・7・25
双葉文庫／2008・7・20
祥伝社文庫／2018・5・20
〈収録作品〉「石勝高原の愛と殺意」「最北端の犯罪」「愛と孤独の宗谷本線」「謎と幻想の根室本線」「青函連絡船から消えた」

421 十津川警部 二つの「金印」の謎

ノン・ノベル／2007・9・10
祥伝社文庫／2011・9・5

422 歪んだ顔

FUTABA NOVELS／2007・9・20
双葉文庫／2014・9・14
〈収録作品〉「歪んだ顔」「八番目の死」「ある証言」「蘇える過去」「死の予告」「愛の詩集」「電話の男」「マウンドの死」「影の接点」

423 十津川警部 金沢・絢爛たる殺人

講談社ノベルス／2007・10・4

講談社文庫／2010・6・15
光文社文庫／2019・2・20

424 上野駅13番線ホーム

カッパ・ノベルス／2007・10・25
光文社文庫／2010・11・20
文春文庫／2016・6・10

425 十津川警部捜査行——愛と哀しみのみちのく特急

ジョイ・ノベルス（有楽出版社）／2007・11・25
双葉文庫／2008・11・16
小学館文庫／2020・1・12
〈収録作品〉「ゆうづる5号殺人事件」「急行べにばな殺人事件」「特急あいづ殺人事件」「愛と絶望の奥羽本線」「謎と絶望の東北本線」

426 能登・キリコの唄

カドカワ・エンタテインメント／2007・11・30
角川文庫／2010・9・25
文春文庫／2019・11・10

427 門司・下関逃亡海峡

トクマ・ノベルズ／2007・12・31
徳間文庫／2009・10・15
集英社文庫／2015・4・25

428 十津川警部　会津・友の墓標

FUTABA NOVELS／2008・1・20
双葉文庫（改題『会津 友の墓標』）／2011・3・13

429 十津川警部 鳴門の愛と死

ジョイ・ノベルス／2008・1・25
実業之日本社文庫／2010・11・15

430 天草四郎の犯罪

C★NOVELS／2008・2・25
中公文庫／2010・12・20
新潮文庫／2017・9・1

431 奇祭の果て 鍋かむり祭の殺人

文藝春秋／2008・3・1
文春文庫／2010・12・10

432 十津川警部 四国お遍路殺人ゲーム
集英社／2008・3・10
集英社文庫／2009・12・20
十津川警部日本縦断長篇ベスト選集41／2014・10・31
徳間文庫／2017・4・15
433 阿蘇・長崎「ねずみ」を探せ
新潮社／2008・3・20
新潮文庫／2010・2・1
434 びわ湖環状線に死す
カッパ・ノベルス／2008・4・25
光文社文庫／2011・5・20
435 湘南情死行　十津川班捜査行
ノン・ノベル／2008・5・20
〈収録作品〉「湘南情死行」「恋と復讐の徳島線」「死への週末列車」「愛と孤独の宗谷本線」「青に染った死体」
436 十津川警部捜査行――愛と幻影の谷川特急
ジョイ・ノベルス（有楽出版社）／2008・5・25
双葉文庫／2009・7・19
〈収録作品〉「鬼怒川心中事件」「死を運ぶ特急『谷川5号』」「恋と幻想の上越線」「ATC作動せず」「死への近道列車」
437 十津川警部 アキバ戦争
トクマ・ノベルズ／2008・5・31
徳間文庫／2010・4・15
新潮文庫／2015・9・1
438 近鉄特急伊勢志摩ライナーの罠
ノン・ノベル／2008・9・10
祥伝社文庫／2012・2・20
439 十津川警部 裏切りの街東京
トクマ・ノベルズ／2008・9・30
徳間文庫／2010・2・15
〈収録作品〉「特別室の秘密」「一日遅れのバースデイ」「野良猫殺人事件」「死体の値段」「死が乗り入れて来る」

440 **十津川警部 トリアージ 生死を分けた石見銀山**
講談社ノベルス／2008・10・6
講談社文庫／2011・10・14
光文社文庫／2019・8・20
441 **十津川警部捜査行——愛と殺意の伊豆踊り子ライン**
ジョイ・ノベルス（有楽出版社）／2008・11・25
双葉文庫／2009・11・15
祥伝社文庫／2019・4・20
〈収録作品〉「午後の悪魔」「二階座席の女」「偽りの季節伊豆長岡温泉」「会津若松からの死の便り」
442 **殺人者は西に向かう**
カドカワ・エンタテインメント／2008・12・5
角川文庫／2011・9・25
文春文庫／2020・4・10
443 **東京上空500メートルの罠**
FUTABA NOVELS／2008・12・29
双葉文庫／2010・11・20
集英社文庫／2020・4・25
444 **伊勢路殺人事件**
トクマ・ノベルズ／2008・12・31
徳間文庫／2010・12・15
集英社文庫／2018・4・25
445 **宮島・伝説の愛と死**
新潮社／2009・1・20
新潮文庫／2011・2・1
中公文庫／2020・2・25
446 **伊豆急「リゾート21」の証人**
ジョイ・ノベルス／2009・1・25
実業之日本社文庫／2011・2・15
447 **妖異川中島**
文藝春秋／2009・2・15
文春文庫／2011・12・10
448 **吉備古代の呪い**
C★NOVELS／2009・2・25

中公文庫（改題『十津川警部「吉備古代の呪い」』）／2011・12・20
新潮文庫（改題『十津川警部「吉備　古代の呪い」』）／2018・9・1

449 悲運の皇子と若き天才の死
講談社ノベルス／2009・3・5
講談社文庫／2012・2・15

450 十津川警部 修善寺わが愛と死
集英社／2009・3・10
集英社文庫／2011・12・20
双葉文庫／2017・11・19

451 南紀オーシャンアロー号の謎
FUTABA NOVELS／2009・4・19
双葉文庫／2011・11・13
小学館文庫（改題『十津川警部　南紀オーシャンアロー号の謎』）／2019・1・9

452 つばさ111号の殺人
カッパ・ノベルス／2009・4・25
光文社文庫／2012・5・20

453 十津川警部捜査行――東海特急殺しのダイヤ
ジョイ・ノベルス（有楽出版社）／2009・5・25
双葉文庫／2010・3・14
〈収録作品〉「愛と死の飯田線」「見知らぬ時刻表」「幻の特急を見た」「イベント列車を狙え」「恨みの浜松防風林」

454 十津川警部 欲望の街東京
トクマ・ノベルズ／2009・5・31
徳間文庫／2010・8・15
〈収録作品〉「十津川警部の苦悩」「タイムカプセル奪取計画」「心中プラス１」「予告されていた殺人」
双葉文庫／2017・9・17

455 中央線に乗っていた男
カドカワ・エンタテインメント／2009・6・30
角川文庫／2014・4・25

〈収録作品〉「中央線に乗っていた男」「遠野の愛と死」「配達するのは死」「恨みの箱根芦ノ湖」「君は機関車を見たか」

456 **わが愛 知床に消えた女 十津川班捜査行**
ノン・ノベル／2009・7・20
〈収録作品〉「わが愛　知床に消えた女」「愛と殺意の中央本線」「復讐のスイッチ・バック」「愛と死　草津温泉」

457 **外国人墓地を見て死ね 十津川警部捜査行**
ノン・ノベル／2009・9・10
祥伝社文庫／2012・10・20

458 **十津川警部　西伊豆変死事件**
講談社ノベルス／2009・10・6
講談社文庫／2012・10・16

459 **十津川警部 南紀・陽光の下の死者**
小学館NOVELS（小学館）／2009・10・21
小学館文庫／2011・12・11

460 **死のスケジュール 天城峠**
カドカワ・エンタテインメント／2009・11・30
角川文庫／2012・9・25

461 **鎌倉江ノ電殺人事件**
トクマ・ノベルズ／2009・12・31
徳間文庫／2011・6・15
集英社文庫／2016・4・25

462 **岐阜羽島駅25時**
新潮社／2010・1・20
新潮文庫／2012・2・1
集英社文庫／2016・4・25

463 **十津川警部 あの日、東海道で**
ジョイ・ノベルス／2010・1・25
実業之日本社文庫／2012・1・15

464 **富士急行の女性客**
カッパ・ノベルス／2010・1・25
光文社文庫／2013・5・20

465 十津川警部――謎と裏切りの東海道
文藝春秋／2010・2・10
文春文庫／2012・12・10
466 十津川警部 長良川心中
C★NOVELS／2010・2・25
中公文庫／2013・1・25
新潮文庫／2019・9・1
467 十津川警部 愛と祈りのJR身延線
集英社／2010・3・10
集英社文庫／2011・12・20
双葉文庫（改題『愛と祈りのJR身延線』）／2018・11・18
468 京都駅0番ホームの危険な乗客たち
角川書店／2010・3・31
カドカワ・エンタテインメント／2011・6・30
角川文庫／2012・12・25
469 十津川警部 銚子電鉄六・四キロの追跡
FUTABA NOVELS／2010・4・18
双葉文庫／2012・3・18
徳間文庫／2018・4・15
470 隣り合わせの殺意
トクマ・ノベルズ／2010・4・30
徳間文庫／2011・9・15
〈収録作品〉「隣りの犯人」「奇妙なラブ・レター」「一千万円のアリバイ」「隣人愛」「雪は死の粧い」「血に飢えた獣」「三億円の悪夢」「夜の追跡者」
471 母の国から来た殺人者
ジョイ・ノベルス（有楽出版社）／2010・5・25
実業之日本社文庫／2011・10・15
472 十津川警部捜査行 宮古行「快速リアス」殺人事件
ノン・ノベル／2010・6・20
〈収録作品〉「宮古行『快速リアス』殺人事件」「小さな駅の大きな事件」「殺意の『函館本線』」「殺意を運ぶあじさい電車」

473 一億二千万の殺意
トクマ・ノベルズ／2010・7・31
徳間文庫／2011・10・15
〈収録作品〉「母親」「見舞いの人」「落し穴」「九時三十分の殺人」「二十三年目の夏」「海辺の悲劇」「優しい悪魔たち」「十津川警部の孤独な捜査」

474 生死を分ける転車台　天竜浜名湖鉄道の殺意
ノン・ノベル／2010・9・10
祥伝社文庫／2013・9・5

475 幻想の夏
トクマ・ノベルズ／2010・9・30
徳間文庫／2012・6・15
〈収録作品〉「幻想の夏」「カードの城」「スプリング・ボード」「素晴らしき天」「わが心のサンクチュアリ」「刑事」

476 十津川警部 君は、あのSLを見たか
講談社ノベルス／2010・10・6
講談社文庫／2013・10・16

477 無縁社会からの脱出 北へ帰る列車
カドカワ・エンタテインメント／2010・11・30
角川文庫／2013・9・25

478 十津川警部 鹿島臨海鉄道殺人ルート
小学館NOVELS／2010・12・15
小学館文庫／2013・4・10
十津川警部日本縦断長篇ベスト選集44／2015・2・28
徳間文庫／2018・7・15

479 伊良湖岬 プラスワンの犯罪
トクマ・ノベルズ／2010・12・31
徳間文庫／2012・9・15
祥伝社文庫／2016・3・20

480 新神戸 愛と野望の殺人
新潮社／2011・1・20
新潮文庫（改題『姫路・新神戸　愛と野望の殺人』）／2013・2・1

中公文庫（改題『姫路・新神戸　愛と野望の殺人』）／2019・2・25

481 十津川警部 赤と白のメロディ

ジョイ・ノベルス／2011・1・25

実業之日本社文庫／2013・2・15

482 十津川警部 京都から愛をこめて

文藝春秋／2011・2・15

文春文庫／2013・12・10

483 神戸25メートルの絶望

C★NOVES／2011・2・25

中公文庫／2013・12・20

484 十津川警部 飯田線・愛と死の旋律

集英社／2011・3・9

集英社文庫／2012・12・20

485 十津川警部捜査行——殺意を運ぶリゾート特急

ジョイ・ノベルス（有楽出版社）／2011・3・20

実業之日本社文庫／2012・10・15

双葉文庫／2016・11・13

〈収録作品〉「蔵王霧の中の殺人」「恐怖の湖富士西湖」「北への危険な旅」「十津川警部の休暇」「殺しの風が南に向う」

486 京都嵐電殺人事件

カッパ・ノベルス／2011・3・25

光文社文庫／2014・5・20

487 特急街道の殺人

FUTABA NOVELS／2011・4・17

双葉文庫／2012・9・16

祥伝社文庫／2018・7・20

488 十津川警部捜査行　カシオペアスイートの客

ノン・ノベル／2011・6・10

〈収録作品〉「カシオペアスイートの客」「禁じられた『北斗星5号』」「最果てのブルートレイン」「北の廃駅で死んだ女」

489 出雲殺意の一畑電車
FUTABA NOVELS／2011・6・19
双葉文庫／2013・3・17
祥伝社文庫（改題『出雲　殺意の一畑電車』）／2019・2・20
490 急行アルプス殺人事件
角川文庫／2011・7・25
〈収録作品〉「あずさ3号殺人事件」「急行アルプス殺人事件」「幻想と死の信越本線」「内房線で出会った女」
491 SL「貴婦人号」の犯罪 十津川警部捜査行
ノン・ノベル／2011・9・10
祥伝社文庫／2014・9・10
492 十津川警部 箱根バイパスの罠
講談社ノベルス／2011・10・5
講談社文庫／2014・10・15
493 東京ミステリー
カドカワ・エンタテインメント／2011・11・30
角川文庫／2014・9・25
494 帰らざる街、小樽よ
ジョイ・ノベルス（有楽出版社）／2011・12・10
実業之日本社文庫／2013・8・15
495 篠ノ井線・姥捨駅 スイッチバックで殺せ
トクマ・ノベルズ／2011・12・31
徳間文庫／2013・7・15
双葉文庫／2019・11・17
496 寝台特急「サンライズ出雲」の殺意
新潮社／2012・1・20
新潮文庫／2014・2・1
497 十津川警部 西武新宿線の死角
ジョイ・ノベルス／2012・1・25
実業之日本社文庫／2014・2・15
498 十津川警部 陰謀は時を超えて リニア新幹線と世界遺産
文藝春秋／2012・2・10
文春文庫／2014・12・10

499 赤穂バイパス線の死角
C★NOVELS／2012・2・25
中公文庫／2014・11・25
500 十津川警部 秩父ＳＬ・三月二十七日の証言
集英社／2012・3・10
集英社文庫／2013・12・20
十津川警部日本縦断長篇ベスト選集46／2015・5・31
徳間文庫／2017・12・15
501 特急ワイドビューひだに乗り損ねた男
カッパ・ノベルス／2012・3・20
光文社文庫／2015・5・20
502 十津川警部とたどる時刻表の旅
角川oneテーマ21（角川学芸出版）／2012・4・10
503 十津川警部捜査行――東海道殺人エクスプレス
ジョイ・ノベルス（有楽出版社）／2012・4・20
実業之日本社文庫／2014・8・15
双葉文庫／2018・3・18
〈収録作品〉「運河の見える駅で」「死を呼ぶ身延線」「殺人は食堂車で」「長良川殺人事件」「十七年の空白」
504 十津川警部 さらば越前海岸
小学館／2012・4・30
小学館文庫／2014・6・11
505 十津川警部 殺しはトロッコ列車で
FUTABA NOVELS／2012・5・20
双葉文庫／2014・3・16
506 十津川直子の事件簿
ノン・ノベル／2012・5・20
〈収録作品〉「百円貯金で殺人を」「特急あいづ殺人事件」「愛犬殺人事件」「夜行列車『日本海』の謎」
507 特急「ゆうづる３号」の証言
角川文庫／2012・7・25
〈収録作品〉「特急『ゆうづる３号』の証言」「18時24分東京発の女」「日曜日には走らない」「首相暗殺計画」

「寝台特急六分間の殺意」

508 **九州新幹線マイナス1**
ノン・ノベル／2012・9・10
祥伝社文庫／2015・2・20

509 **十津川捜査班の「決断」**
祥伝社文庫／2012・9・10
双葉文庫／2018・9・16
〈収録作品〉「宮古行『快速リアス』殺人事件」「湘南情死行」「わが愛　知床に消えた女」「カシオペアスイートの客」

510 **十津川警部とたどるローカル線の旅**
角川oneテーマ21／2012・9・10

511 **萩・津和野・山口殺人ライン　高杉晋作の幻想**
トクマ・ノベルズ／2012・9・30
徳間文庫／2014・3・15
祥伝社文庫／2017・1・20

512 **十津川警部　猫と死体はタンゴ鉄道に乗って**
講談社ノベルス／2012・10・3
講談社文庫／2015・10・15

513 **Mの秘密　東京・京都五一三・六キロの間**
カドカワ・エンタテインメント／2012・11・30
角川文庫／2015・9・25

514 **火の国から愛と憎しみをこめて**
トクマ・ノベルズ／2012・12・31
徳間文庫／2014・8・15
祥伝社文庫／2019・6・20

515 **十津川警部　わが屍に旗を立てよ**
ジョイ・ノベルス／2013・1・25
実業之日本社文庫／2015・1・15

516 **南紀新宮・徐福伝説の殺人**
新潮社／2013・1・25
新潮文庫／2015・3・1

517 **消えたなでしこ**
文藝春秋／2013・2・15

文春文庫／2015・12・10

518 さらば南紀の海よ

C★NOVELS／2013・2・25

中公文庫／2015・12・20

519 十津川警部 小浜線に椿咲く頃、貴女は死んだ

集英社／2013・3・10

集英社文庫／2014・12・25

520 十津川警部とたどる寝台特急の旅

角川oneテーマ21／2013・3・10

521 十津川警部 古都千年の殺人

FUTABA NOVELS／2013・5・19

双葉文庫／2015・3・15

祥伝社文庫（改題『古都千年の殺人』）／2020・6・20

522 十津川警部 怪しい証言

ノン・ノベル／2013・5・20

〈収録作品〉「一期一会の証言」「絵の中の殺人」「処刑のメッセージ」「事件の裏側」

523 私が愛した高山本線

ジョイ・ノベルス（有楽出版社）／2013・6・10

実業之日本社文庫／2015・8・15

524 智頭急行のサムライ

カッパ・ノベルス／2013・6・20

光文社文庫／2016・5・20

525 十津川警部 哀しみの吾妻線

ノン・ノベル／2013・9・10

祥伝社文庫／2016・9・20

526 殺意を乗せて…

徳間文庫／2013・9・15

〈収録作品〉「挽歌をのせて」「愛の詩集」「脅迫者」「アカベ・伝説の島」「誘拐の季節」「危険な道づれ」「立春大吉」「われら若かりしとき」「祖谷渓の娘」「阿波おどりの季節」「若い南の海」

527 十津川警部 長野新幹線の奇妙な犯罪
講談社ノベルス／2013・10・7
講談社文庫／2016・11・14
528 刑事の肖像
徳間文庫／2013・10・15
〈収録作品〉「夜の牙」「密告」「私を殺さないで」「アリバイ」「死を呼ぶトランク」「狙撃者の部屋」「若い愛の終り」
529 十津川警部 犯人は京阪宇治線に乗った
小学館／2013・10・30
小学館文庫／2017・5・14
530 哀切の小海線
KADOKAWA／2013・11・28
角川文庫／2016・9・25
531 天国に近い死体
徳間文庫／2013・12・15
〈収録作品〉「オートレック号の秘密」「謎の組写真」「超速球150キロの殺人」「トンネルに消えた…」「天国に近い死体」「三十億円の期待」「カーフェリーの女」「鳴門への旅」「グリーン車の楽しみ」
532 北軽井沢に消えた女 嬬恋とキャベツと死体
トクマ・ノベルズ／2013・12・31
徳間文庫／2015・10・15
祥伝社文庫／2020・3・20
533 生死の分水嶺・陸羽東線
新潮社／2014・1・20
新潮文庫／2016・3・1
534 十津川警部 東北新幹線「はやぶさ」の客
ジョイ・ノベルス／2014・1・20
実業之日本社文庫／2016・1・15
535 十津川警部 鳴子こけし殺人事件
C★NOVELS／2014・2・25
中公文庫／2016・11・25

536 **十津川警部 三陸鉄道 北の愛傷歌**
集英社／2014・3・10
集英社文庫／2015・12・25
537 **十津川警部捜査行——北国の愛、北国の死**
ジョイ・ノベルス（有楽出版社）／2014・3・25
実業之日本社文庫／2016・8・15
双葉文庫／2019・9・15
〈収録作品〉「おおぞら3号殺人事件」「新婚旅行殺人事件」「恐怖の橋　つなぎ大橋」「快速列車『ムーンライト』の罠」
538 **青森わが愛**
KADOKAWA／2014・4・25
角川文庫／2017・1・25
〈収録作品〉「青森わが愛」「北の空に殺意が走る」「余部橋梁310メートルの死」「恋と裏切りの山陰本線」「特急ひだ3号殺人事件」
539 **東京―神戸間2時間20分 そして誰もいなくなる**
文藝春秋／2014・4・30
文春文庫（改題『そして誰もいなくなる』）／2016・12・10
540 **十津川と三人の男たち**
FUTABA NOVELS／2014・5・18
双葉文庫／2016・9・18
541 **十津川警部 悪女**
ノン・ノベル／2014・5・20
〈収録作品〉「だまし合い」「阿蘇幻死行」「白い罠」「鬼怒川心中事件」
542 **殺人偏差値70**
角川文庫／2014・5・25
〈収録作品〉「受験地獄」「海の沈黙」「神話の殺人」「見事な被害者」「高級官僚を死に追いやった手」「秘密を売る男」「残酷な季節」「友よ、松江で」
543 **新・東京駅殺人事件**
カッパ・ノベルス／2014・6・20

光文社文庫／2017・4・20

544 殺人へのミニ・トリップ

KADOKAWA／2014・8・30

角川文庫／2017・3・25

〈収録作品〉「信濃の死」「殺人へのミニ・トリップ」「愛と憎しみの高山本線」「特急しらさぎ殺人事件」

545 十津川警部　七十年後の殺人

ノン・ノベル／2014・9・10

祥伝社／2017・9・20

546 沖縄から愛をこめて

講談社ノベルス／2014・10・6

講談社文庫／2017・10・13

547 十津川警部　南風の中で眠れ

小学館／2014・10・19

小学館文庫／2018・4・11

548 十津川警部捜査行――日本縦断殺意の軌跡

ジョイ・ノベルス（有楽出版社）／2014・11・15

実業之日本社文庫／2017・2・15

〈収録作品〉「北の空　悲しみの唄」「若い刑事への鎮魂歌」「事件の裏で」「日高川殺人事件」「初夏の海に死ぬ」

549 郷里松島への長き旅路

KADOKAWA／2014・11・28

角川文庫／2017・9・25

550 北陸新幹線ダブルの日

トクマ・ノベルス／2014・12・31

徳間文庫／2016・7・15

551 暗号名は「金沢」　十津川警部「幻の歴史」に挑む

新潮社／2015・1・20

新潮文庫／2017・3・1

552 十津川警部　八月十四日夜の殺人

ジョイ・ノベルス／2015・1・20

実業之日本社文庫／2017・8・15

553 東京と金沢の間

C★NOVELS／2015・2・25

中公文庫（改題『東京―金沢　69年目の殺人』）／2017・11・25

554 十津川警部　特急「しまかぜ」で行く十五歳の伊勢神宮

集英社／2015・3・10

集英社文庫／2016・12・25

555 消えたトワイライトエクスプレス

トクマ・ノベルス／2015・3・31

徳間文庫／2016・11・15

556「ななつ星」極秘作戦

文藝春秋／2015・4・10

文春文庫／2017・12・10

557 十津川警部捜査行――北の欲望　南の殺意

ジョイ・ノベルス（有楽出版社）／2015・5・5

実業之日本社文庫／2018・8・15

〈収録作品〉「北の女が死んだ」「目撃者たち」「ある女への挽歌」「南紀　夏の終わりの殺人」

558 浜名湖　愛と歴史

FUTABA NOVELS／2015・5・17

双葉文庫／2017・7・16

559 十津川警部　裏切りの駅

ノン・ノベル／2015・5・20

〈収録作品〉「姨捨駅の証人」「下呂温泉で死んだ女」「謎と憎悪の陸羽東線」「新幹線個室の客」

560「ななつ星」一〇〇五番目の乗客

カッパ・ノベルス／2015・6・20

光文社文庫／2018・5・20

561 人生は愛と友情と、そして裏切りとでできている

サンポスト／2015・7・30

562 十津川警部　絹の遺産と上信電鉄

ノン・ノベル／2015・9・10

祥伝社文庫／2018・9・20

563 エンドレスナイト殺人事件

トクマ・ノベルズ／2015・9・31

〈収録作品〉「高原鉄道殺人事件」「愛と死の甘き香り」

「タレントの城」「夜の脅迫者」「歌を忘れたカナリアは」「エンドレスナイト殺人事件」

564 内房線の猫たち　異説里見八犬伝

講談社ノベルス／2015・10・7

講談社文庫／2018・10・16

565 十津川警部捜査行――車窓に流れる殺意の風景

ジョイ・ノベルス（有楽出版社）／2015・11・5

実業之日本社文庫／2019・6・15

〈収録作品〉「臨時急行を追え」「東京―旭川殺人ルート」「夜の殺人者」「越前殺意の岬」

566 房総の列車が停まった日

KADOKAWA／2015・11・26

角川文庫／2018・9・25

567 一九四四年の大震災――東海道本線、生死の境

小学館／2015・12・7

小学館文庫／2019・6・11

568 無人駅と殺人と戦争

トクマ・ノベルズ／2015・12・31

徳間文庫／2017・8・15

569 十津川警部　北陸新幹線殺人事件

ジョイ・ノベルス／2016・1・15

実業之日本社文庫／2018・6・15

570 神戸電鉄殺人事件

新潮社／2016・1・20

新潮文庫／2018・3・1

571 鳴門の渦潮を見ていた女

C★NOVELS／2016・2・25

中公文庫／2018・11・25

572 十津川警部　北陸新幹線「かがやき」の客たち

集英社／2016・3・10

集英社文庫／2017・12・20

573 寝台特急に殺意をのせて

トクマ・ノベルズ／2016・3・31

徳間文庫／2018・10・15

〈収録作品〉「ゆうづる5号殺人事件」「謎と絶望の東北本線」「殺人は食堂車で」「関門三六〇〇メートル」「禁じられた『北斗星5号』」

574 **飛鳥IIの身代金**

文藝春秋／2016・4・10

文春文庫／2018・12・10

575 **高山本線の昼と夜**

FUTABA NOVELS／2016・5・15

双葉文庫／2018・7・15

576 **飛鳥II　SOS**

カッパ・ノベルス／2016・6・20

光文社文庫／2019・5・20

577 **十津川警部　日本周遊殺人事件〈世界遺産編〉**

トクマ・ノベルズ／2016・7・31

徳間文庫／2019・3・15

〈収録作品〉「死体は潮風に吹かれて」「死を運ぶ特急「谷川5号」」「偽りの季節　伊豆長岡温泉」「死を呼ぶ身延線」「雪の石堀小路に死ぬ」

578 **十津川警部　わが愛する犬吠の海**

ノン・ノベル／2016・9・30

祥伝社文庫／2019・9・20

579 **十津川警部　愛と絶望の台湾新幹線**

講談社ノベルス／2016・10・5

講談社文庫／2019・10・16

580 **十津川警部　姨捨駅の証人**

祥伝社文庫／2016・10・20

〈収録作品〉「一期一会の証言」「百円貯金で殺人を」「だまし合い」「姨捨駅の証人」

581 **北海道新幹線殺人事件**

KADOKAWA／2016・11・30

角川文庫／2019・9・25

582 **レールを渡る殺意の風**

トクマ・ノベルズ／2016・11・30

徳間文庫／2019・5・15

〈収録作品〉「日本海からの殺意の風」「寝台特急六分間の殺意」「特急『おき３号』殺人事件」「カシオペアスイートの客」

583 空と海と陸を結ぶ境港
トクマ・ノベルズ／2016・12・31
　徳間文庫／2018・８・15

584 琴電殺人事件
新潮社／2017・１・20
　新潮文庫／2019・３・１

585 二つの首相暗殺計画
ジョイ・ノベルス／2017・１・20

586 札沼線の愛と死　新十津川町を行く
ジョイ・ノベルス／2017・２・25
　実業之日本社文庫／2020・４・15

587 わが愛する土佐くろしお鉄道
C★NOVELS／2017・２・25
　中公文庫／2019・11・25

588 裏切りの中央本線
KADOKAWA／2017・３・２
　角川文庫／2020・１・25
〈収録作品〉「裏切りの中央本線」「トレードは死」「幻の魚」「石垣殺人行」「水の上の殺人」「死への旅『奥羽本線』」

589 十津川警部　雪とタンチョウと釧網本線
集英社／2017・３・10
　集英社文庫／2018・12・25

590 現美新幹線殺人事件
文藝春秋／2017・４・５
　文春文庫／2019・12・10

591 十津川警部　高山本線の秘密
小学館／2017・４・19
　小学館文庫／2020・５・13

592 仙石線殺人事件
FUTABA NOVELS／2017・５・14

双葉文庫／2019・7・14

593 リゾートしらかみの犯罪

カッパ・ノベルス／2017・6・20

光文社文庫／2020・5・20

594 日本遺産からの死の便り

トクマ・ノベルズ／2017・7・31

徳間文庫／2019・9・15

〈収録作品〉「恋と殺意ののと鉄道」「会津若松からの死の便り」「潮風にのせた死の便り」「四国情死行」「十津川警部『いたち』を追う」

595 十五歳の戦争　陸軍幼年学校「最後の生徒」

集英社新書／2017・8・14

596 十津川警部　予土線《ローカル》に殺意が走る

ノン・ノベル／2017・9・20

597 十津川警部　山手線の恋人

講談社ノベルス／2017・10・4

598 青梅線レポートの謎

KADOKAWA／2017・11・29

599 日本遺産殺人ルート

トクマ・ノベルズ／2017・11・30

徳間文庫／2020・6・15

〈収録作品〉「裏磐梯殺人ルート」「快速列車『ムーンライト』の罠」「倉敷から来た女」「十津川警部、民謡を唄う」「行楽特急《ロマンスカー》殺人事件」

600 北のロマン　青い森鉄道線

トクマ・ノベルズ／2017・12・31

徳間文庫／2019・8・15

601 十津川警部　出雲伝説と木次線

ジョイ・ノベルス／2018・1・15

602 広島電鉄殺人事件

新潮社／2018・1・20

新潮文庫／2020・2・1

603 西から来た死体　錦川鉄道殺人事件

C★NOVELS／2018・2・25

604 十津川警部　九州観光列車の罠
集英社／2018・3・10
集英社文庫／2019・12・25
605 日本遺産に消えた女
トクマ・ノベルズ／2018・3・31
〈収録作品〉「特急『にちりん』の殺意」「青に染まる死体　勝浦温泉」「最上川殺人事件」「阿波鳴門殺人事件」
606 京都感傷旅行《センチメンタル・ジャーニー》
文藝春秋／2018・4・15
607 ストーブ列車殺人事件
FUTABA NOVELS／2018・5・13
双葉文庫／2020・3・15
608 能登花嫁列車殺人事件
カッパ・ノベルス／2018・6・30
609 十津川警部　海の見える駅——愛ある伊予灘線
小学館／2018・7・17
610 十津川警部　哀愁のミステリー・トレイン
トクマ・ノベルズ／2018・8・31
〈収録作品〉「『雷鳥九号』殺人事件」「大垣行345M列車の殺意」「再婚旅行殺人事件」「恨みの陸中リアス線」
611 十津川警部　長崎　路面電車と坂本龍馬
ノン・ノベル／2018・9・20
612 十津川警部　両国駅3番ホームの怪談
講談社ノベルス／2018・10・3
613 知覧と指宿枕崎線の間
KADOKAWA／2018・12・1
614 平戸から来た男
トクマ・ノベルズ／2018・12・31
615 十津川警部　怒りと悲しみのしなの鉄道
ジョイ・ノベルス／2019・1・15
616 富山地方鉄道殺人事件
新潮社／2019・1・20
617 えちごトキめき鉄道殺人事件
C★NOVELS／2019・2・25

618 十津川警部　坂本龍馬と十津川郷士中井庄五郎
集英社／2019・3・10
619 十津川警部　郷愁のミステリー・レイルロード
トクマ・ノベルズ／2019・3・31
〈収録作品〉「愛と死の飯田線」「特急『あさま』が運ぶ殺意」「幻の特急を見た」「お座敷列車殺人事件」
620 上野─会津　百五十年後の密約
文藝春秋／2019・4・20
621 スーパー北斗殺人事件
FUTABA NOVELS／2019・5・19
622 十津川警部　追憶のミステリー・ルート
トクマ・ノベルズ／2019・7・31
〈収録作品〉「伊豆下田で消えた友へ」「恐怖の海　東尋坊」「十津川警部　白浜へ飛ぶ」「箱根を越えた死」
623 阪急電車殺人事件
ノン・ノベル／2019・10・20
624 飯田線・愛と殺人と
カッパ・ノベルス／2019・10・30
625 十津川警部　仙山線〈秘境駅〉の少女
小学館／2019・11・20
626 舞鶴の海を愛した男
トクマ・ノベルズ／2019・12・31
627 西日本鉄道殺人事件
新潮社／2020・1・20
628 十津川警部　殺意の交錯
トクマ・ノベルズ／2020・3・31
〈収録作品〉「河津・天城連続殺人事件」「北陸の海に消えた女」「L特急やくも殺人事件」「阿蘇で死んだ刑事」
629 東京オリンピックの幻想
文藝春秋／2020・4・10
630 十津川警部　呉・広島ダブル殺人
FUTABA NOVELS／2020・5・17
631 魔界京都放浪記
カッパ・ノベルス／2020・6・30